lincy

溪游记

我在美国上高中

蔡林溪 作品

团结出版社
UNITY PRESS

图书在版编目（ＣＩＰ）数据

我在美国上高中 / 蔡林溪著. -- 北京 ： 团结出版社， 2016.9

ISBN 978-7-5126-4200-3

Ⅰ．①我… Ⅱ．①蔡… Ⅲ．①散文集－中国－当代 Ⅳ．①I267

中国版本图书馆 CIP 数据核字(2016)第 214386 号

出版: 团结出版社

（北京市东城区东皇城根南街 84 号邮编：100006）

电话:（010）65228880　65244790　（出版社）

　　　（010）65238766　85113874　65133603（发行部）

　　　（010）65133603（邮购）

网址: http://www.tjpress.com

E-mail: zb65244790@vip.163.com(出版社)

fx65133603@163.com（发行部邮购）

经销: 全国新华书店

印装: 北京京都六环印刷厂

开本: 138mm×200mm　　　1/32

印张: 4.5

字数: 50 千字

印数: 1001-4010

版次: 2016 年 7 月第 1 版

印次: 2016 年 9 月第 2 次印刷

书号: 978-7-5126-4200-3

定价: 28.00 元

到世界看中国

周志兴

不但要在中国看世界，更要从世界看中国。这是常州乡贤周有光的一个著名观点。有光先生一百一十一岁了，仍然健在而且一如往昔的风趣睿智。堪称"人瑞"的他是家乡的骄傲。

常州是一个人杰地灵的地方，现代名人层出不穷，著名的如"建党三杰"瞿秋白、恽代英和张太雷，还有华罗庚、刘海粟、吴祖光等等。他们的共同点是视野宽阔，既可以看到中国，也可以看到世界，尤其是能够把世界和中国融合在一起。

我看到了林溪的这部书稿，更加相信了人才的层出不穷。

一个十七岁的小姑娘，只身闯世界，这是不容易的事情。我像她这么大的时候，还在军营里扛枪，世界对我是陌生的，那时自以为懂中国。后来，到世界去了之后，才知道，不站在世界的角度看中国，我们所看到的中国也是残缺的。

林溪运气好，有一个开放的好时代，有一个支持她开阔眼界的好家庭，所以，她能够到世界去，站在另外一个高度来看中国，看世界。

我看了她写的一些文章，不仅视野开阔，富有情怀，而且善于观察，勤于思考，文字表达也十分生动流畅，不禁使我刮目相看。

例如她对同性恋的观察。这个问题，如果在国内，很难看得那么清楚，毕竟存在着不同文化背景的问题。但是，在美国，她就有了不一样的视角。她写道：

> 然而真正改变我对同性恋看法的，是我在旧金山时，住宿家庭的两位主人。他们是我亲密接触的第一对"男同"朋友（搞笑的是，他们的"夫妻"关系，我住了五天之后才知晓，之前我一直认为，女主人在度假，这两位只是纯洁的好友关系），这两位"伴侣"，一位是华裔，一位是白人，并都在旧金山一所著名大学任职，可以说是典型的"高富帅"。虽然他们是同性恋，但是在我们相

处的过程中，却从来没有让我感觉到不适，他们两人积极乐观的生活态度，对我影响颇深。

在游学的一个月里，他们每天吃过晚饭，都要带着我，跟一只萨摩耶出去散步，并且一定带上塑料袋去捡狗狗的大便。到了周末，我们会一起去海边兜风。甚至于，他们还共同收养了一个两岁的小男孩。总之，一家三口其乐融融，生活美满。正因为这次奇妙的经历，让我对同性恋有了更加客观深入的了解。

其实，她在到美国之前，就是一个努力学习和勤于思考的少年。我看，在这一点上，她强于同龄的许多人。我认为，这也为她远涉重洋走向世界打下了良好的基础。

林溪这样讲述了她在初中时的一些经历：

当我在读初中时，一次偶然的机会，我参加了由天涯论坛发起的微公益活动。

这个活动可能一些同学并不是很熟悉，但是其中的免费午餐想必大家都不陌生。从那以后，我开始经常参与一些公益活动，我还担任了常州博物馆的英文解说工作。

来到美国后，我接触到了更多、更丰富的志愿者活动。我每周都会去食品银行（Food bank）

和教堂，给人们分发所需的食物。记得有一天，我在 Food bank 里搬了两千瓶苹果汁，真的很累，回来就瘫倒在床上。

我知道，美国的学校招收学生，一方面是看成绩，还有很重要的一方面是看参加社会活动，特别是能够贴近底层的社会活动。她做的这些，或是有意或是无意地为她留美打下了基础。而基础是盖起高楼的前提。

相信林溪能够在今后的生涯中，会真的如小溪汇成大河，最终流向大海。就如同祖国一定会融入世界一样。而在祖国融入世界的进程中，虽是小溪，也不可或缺。

在读这本书稿时，我的眼前总是出现数不清的年轻人英姿勃发的面孔，他们似乎正在登山，有的已经登上山顶，有的正在山间，还有的正在准备出发。年轻人组成了许多不同的方阵，他们手挽着手前行。而每一个方阵中，都会有领军者，从林溪的文稿中，我们可以看到，一个少年领军者正在奋力向前。

（周志兴，当代思想家，资深媒体人，共识网和《领导者》杂志创始人）

♋

爱，是没有国界的

雷颐

出国留学低龄化现在渐成趋势，越来越多的家长，将自己的孩子在小小年龄就送到国外。舆论对此评说不一，相当多的专家对此大表担忧，提醒家长孩子过早出去留学，负面效果不少，应引起重视。效果究竟如何？都是专家在争来争去，在这个话语的言说、争论场域中，那些小小的留学生哑然失语。他们本是这个话题的"主体"，却成为缺席者，成为一个无声的、消极的、被动任人评说的"客体"。

十五岁就到美国留学的常州女孩蔡林溪，生性热爱写作，到美国上学后，就在博客上一篇又一篇写下自己点点滴滴的真实感想、感受。博主不介意或许压根儿就不知道关于低龄留学的争论，这些博文，信手写来，只是自己的真实经历、体验和真性情的表露。年轻与幼稚往往并联，少年为文总被指为肤浅。其实，幼稚肤浅自有幼稚肤浅的好处，好就好在没有种种使人"成熟""深刻"的理论"先见"，见到与表现出的是一种新鲜活泼的"原生态"。

一个"新鲜人"到不同的文化之中，处处"新鲜"，难免"文化休克"，笑话不断。林溪笔下，这种亮点、笑点比比皆是，在此不必多说。给我印象深刻的，是美国中学教育中对演讲的重视、诚信培养和爱的教育。

在大学的讲课和演讲中，我常常对同学强调即席发言和演讲的重要，并以亲身经历讲中外学者在这方面的差别。这种差别，是小学、中学教育的不同形成的。林溪到美国后，发现美国的中学十分重视演讲（speech）与辩论（debate）。老师讲授种种演讲的技巧与方法，布置演讲题目，同学自己查找资料，课堂上人人要讲。几堂课下来，自信满满，大庭广众之下即席发言和演讲的能力大大提高。有一次，辩论"是否支持废除死刑"，这个题目，在当下的中国也极具现实性与争论性。如此高深的题目，同学自然要广查资料，组织成章。当然，是出口成章的"章"。她的 speech 课老师的一句话非常有趣也非常重要："Silence is the biggest killer."所以，要发言、演说、反驳，不然，就要被沉默给"杀了"。

到美国之后，一个现象使她感到难以理解："中国一直以礼仪之邦自居，但是奇怪的是，在国际上，却总是能听

2

到有人用'dishonest','impolite'（不诚实，不礼貌）来形容中国人。今年，因为诚信问题而惨遭美国大学除名的中国留学生，高达八千人，算是又创了新高，这的确不是一件光彩的事情。为什么许多国内品学兼优的学生，反倒是在出国后染上了不诚实的风气呢？我们需要正视这个现象，诚实面对'诚信缺失'的问题，找出链条背后的逻辑。而不是讳疾忌医，更不是在外国人面前做无谓的反驳。这本身就是一种积极的态度。"她认为，美国有美国的规矩，中国自然有中国的法则，正是由于中美两国的文化和制度上的差异，才会给这些所谓的"不诚实"有了可乘之机。当她第一次去美国的电影院时，非常吃惊。在中国看场电影，一般需要经历"三重门"：买票，检票，到各个放映厅时，还得再经历一次验票。然而在美国，却要简便许多。通常你买好票后，便可直接进入放映厅观影，根本没有验票的环节。这就是美国的规则，所有的电影院都遵循此规则。有位与她有几面之缘的仁兄，在习惯了中国看电影的"三重门"之后，来到美国的影院，立即发现有空子可钻：既然没有工作人员在院厅前面把守，就可以一张票串场看所有电影。但是直到有一天，他被工作人员抓住，中国人"不诚信"的大帽子，就这样从一个个案身上"荡漾"开来。

美国老师和中国老师比起来，大部分也缺乏丰富的想象力，比较"傻白甜"，基本上学生说什么，他就信什么。美国的教室里，基本没有监控。也许有人会问，既然作弊如此容易，那么岂不是不做白不做？事实并非如此，虽然每年大考都会有一两位同学作弊，但所占比例并不高。其中一个根本原因是，作弊虽然容易，但是后果却相当严重。如果在大考中作弊，不仅成绩作废，更会面临开除的危险。所以，在美国，大型考试如 SAT 之类，作弊的情况并不多见。大家也习惯了在没有监控和监考老师的情况下，独立完成考试的天然"正当性"。她的结论是："美国的各种制度，这样想来，貌似都不太'完善'，但是它们却给予了每个个体最基本的信任。也因为这样，人们学会用信任去回馈信任。不过，如果你'妄图'在美国制度的'漏洞'下'为所欲为'，最终你会发现，这些所谓的'漏洞'，正是检验诚实与否的'陷阱'。而你，必须为你的'率性而为'付出不菲的代价。"欲到美国留学者，切记切记！

Powerball（强力球）是美国的一种彩票，而在最近的一次开奖时，它的奖金已高达十五亿美元！一时间 Powerball 成为关键词席卷整个美国。开奖那天，令她大感意外："我便猜想这位仁兄，肯定得把自己包裹严实，再去领奖。因为我曾经数次看到，中国的中奖者去领奖时，几乎永远看不到脸，甚至有时连性别都雾里看花。然而，等新闻出来时，我却发现他没有任何遮遮掩掩的扭捏。在照片上，我甚至连他笑容的褶子都看得一清二楚。我不太清楚他为什么不着任何防备就来领奖。他难道不担心亲戚、朋友来抢夺他的奖金吗？他难道不怕被嫉妒的人绑架甚至暗杀吗？""当然，问题也许不在他，而在认为他这行为奇怪的我们身上。在人与人交往时，我们是否顾虑太多呢？"

诚信的缺失就必须设计出种种制度防止，诸如看电影蹭票、考试作弊等，人与人交往时就不能不顾虑太多，戴上"假面具"。诺贝尔经济学奖得主科斯（Coase·R.H.）的交易成本或交易费用（Transaction Costs）理论证明，社会诚信度越高，社会的"交易成本"就越低；诚信度越低，社会的"交易成本"就越高。社会交易成本低，社会发展就快；社会交易成本高，社会发展就慢。

诚信的道德基础是爱，林溪写得最多的也是"爱"。她详细介绍了"食品银行"（Food bank）和自己的志愿服务，给人价值不菲的启发。食品银行虽说是把食品包装、分发给穷人，但是食品挑选非常严格，必须保证新鲜和安全，所以有很大的冷藏室，专门用来存放未来得及分发的食物，并且需要志愿者每天检查核对生产日期和保质期。而且，对于不同的食物有不同保鲜期限的处理。譬如，面包糕点之类的食物，过了保质期，仍然能再食用一周；而酸奶就需要尽快处理掉。食品银行的工作人员给她发了一张纸，上面写满了各种食物的可再存放时间。让她感到"心力交瘁"的是，当中很多美国食物她都不认识。她曾经有一次四个小时扛了两千瓶苹果汁。由于是流水作业，完全没有时间也没办法偷懒。食品银行只是志愿服务的一种，这种志愿活动已与美国人的日常生活密不可分。很多美国学校都将它纳入对学生的学业要求中，每学期都会规定学生必须完成的 service hour（服务时间），许多美国学生每年的服务时间可以达到上百个小时。

这种志愿服务，甚至是跨国的。她参加了一个国际义工组织，她选择在巴厘岛支教。一个暑假过后，她与当地孩子们建立起深厚的友情："最后一天，孩子们知道我们即将离开，非常不舍。他们将自己买的礼物，纷纷放在我的讲台上。下课后，很多孩子拉着我的手，久久地不愿离开。有几个小女生一连问了我好几次：'老师，你什么时候回来啊？'"她深刻地体会到："爱，是没有国界的，很多时候，需要的仅仅只是行动。"

"爱是没有国界的"，就是贯穿她这些零零碎碎、琳琅满目的博文的"核心价值观"。

（雷颐，中国社科院近代史所研究员，历史学家）

目　录

观溪人语

致我的博客读者

放学回家，无意中打开我的凤凰网博客，竟然发现浏览量达到了四十多万。惊讶之余，我也曾深深怀疑，是不是我的电脑出了问题。由点击而来的，是成百上千条褒奖或非议我的留言。首先，无论你是骂我的，还是挺我的，我都要对所有看过我文章的人表示感谢。

针对评论里一些不算友好的言论，我打算做个回应。

其实我就是一名平凡的女孩，我的家境也绝非你们所想象的那样。准确一点儿说，绝非什么富豪之家，至多算中产而已。我很感谢并且珍惜父母给我机会来美国高中留学。我想说，仅仅因为我在美国，就认为我不爱国或者是暴发户的言论实在是无稽之谈。

对于引起争议的那篇文章，我必须说明：如果你不是一个苛责的人，你应该看出，文章只是我个人意见的表达。当然，若站在成年人的立场，不排除会有学生娃的思想局限以及个别文字的不当。但我并不打算删掉这篇文章，只是提醒自己，今后要更加客观地与人分享我的观点，也希望大家一如既往继续关注我。

另外，有几点需要澄清。文中出现的相关娱乐明星，都来自我与那位越南同学真实的聊天内容。一些网友批评我们"只知道娱乐明星"，同学聊天时，的确不会谈及双方国家的政治话题，在文章中出现这些明星，也有增加幽默感的考量。有些网友不太能接受这个"笑果"，我表示理解。毕竟，这不是一个"政治挂帅"的年代，包容各种声音，才是社会文明的应有之义。

其次，有许多网友批评我不爱国和无知。我刚刚仔细地阅读了那篇文章，似乎没有找到什么"我爱美国""讨厌中国"的话呀？我必须承认的是，我之所以选择去美国读高中而不是朝鲜，我的确是为了吸取美国的长处，感受现代文明的脉动，并且增强自己开放的心态。如果爱国只是流于表态，那我现在大呼三声"我爱中国"（重要的事情说三遍嘛），但显然爱国并不是这样的嘛。

唯一我能确定的是，爱国绝非盲目自大。作为一个十六岁的学生，我很开心我能不算晚地知道关于"无知"的话题。我一直坚信，真正有内涵的富豪是不会炫富的，真正学富五车的爱国者们，也是不会到处嘲笑别人无知的。

我在国内上过一年高中，只说一点，我们高中的奋斗榜样是"衡水中学"。这一年间，我学到了很多知识，但离开课本，我的确是"一无所知"。我常常在想，为什么国内的教育会导致我们对世界产生偏差性认知？我不是个自负的人，所以我绝对不会因为不了解越南而去杜撰事实。据我了解，我的中国同学们，他们也并不了解越南。说句题外话，我的那篇文章是在一个月前写好的，现在我与那位越南同学已经成为了很好的伙伴。前几天我与她讲起这件事，她也哈哈大笑，并对我说，之前有个老美还问她，是不是越南跟朝鲜是同一个社会性质呢？这样看起来，无论中国还是美国，我们都在用自己的方式去消灭"无知"。

啰啰嗦嗦说了这么多，我只是希望大家对数量庞大的中国留学生有一个重新认识的过程。多一些宽容，世界才能更美好。

凤凰博客是我表达自己在美国学习和生活感受的平台，欢迎各位踊跃指正，在下有礼了。

"荣誉姐姐"

宗教影响着许多美国人的生活。我在教会学校读书，我的生活也与宗教密不可分。我似乎已经渐渐习惯了每天上课前作祈祷（如果那天有西班牙语课，恭喜你，还要拿西班牙语说一遍），每个月举行一次大型的 mass，并且定期去 church。

今天上课时，宗教老师跟我介绍了天主教的基本构成。从 bishop，pope，priest 到 deacon，管辖的地区和权力。接下来，老师又说了 sister 和 brother，他们也是天主教教会成员，而并非我之前所认为的什么哥哥姐姐。学校有个老师叫 sister Anna，但 Anna 读快了很容易被误听成 honor，所以，在很长的时间里，我一直以为她叫"荣誉姐姐"（老师对不起……）。但是，最使我吃惊的是，所有的 sister 和 brother 都不能结婚，并且不能有私人财产。这就使我这个伪天主教徒、实则是无神论者大为不解。因为我认为，作为女性，婚姻和财产都是缺一不可的。美国人这种说放弃就放弃的态度，在我看来实在有些生猛。当我上完这堂课，我总会不由自主地开始观察 sister Anna：她总是穿着各个公益组织的衣服，鞋子貌似也只有两双……我的同情心以单细胞生物繁殖的速度激增，我甚至想送她几件衣服。当然，最后因为种种原因，没有付诸实践啊。

某一天早晨，当我走在去学校的路上，"荣誉姐姐"从斜刺里杀出来，穿的依旧是一成不变的 T 恤和鞋子。在向我打了声招呼后，踩着她的自行车疾驰而去。我望着她快乐的背影，不禁觉得她的自行车性能不错。套用宗教老师的一句话——"They felt happy when they live as Jesus and follow God'will."为什么要管这么多呢，及时行乐，快乐就好。

Jenny 过生日

今天，好友 Jenny 过生日，我也沾光去了很想去的韩国城一趟。

韩国城在洛杉矶市中心，不远处矗立着几座市中心地标性的建筑大楼，在夜景下十分迷幻。（因为地震频发，这里普遍没有高层建筑。）

我们去了好几家饭店，皆是爆满。最后，好不容易寻到一家口碑不错、且不需等太久的韩式烤肉店。这顿饭，我觉得十分正宗，因为我并不认为有多好吃。你没有看错，我并没有自虐倾向，其实平常让我们赞不绝口的烤肉，都加入了中国 style，并不是真正意义上的韩式烤肉。

几天前，我们去的那家店，招牌五花肉，真的算是很有特色了，waiter 帮我们烤的八块肉，各有不同的味道。因为它们都放在不同的汤汁里浸泡过，如咖喱、辣椒、蒜蓉、红酒之类。

吃过饭，同行的 Erica 非要带我们去一家非常不错的 tea house 喝茶。我们到时已经将近九点了，仍座无虚席。店主很有心地把每个桌子之间拿帘子隔开，让大家聊天时，可以有个比较私密的小空间。每当有人进出时，帘子便会轻轻随风晃动。店里拐角处有屏风和小桥流水图，即使是角落，也摆着具有韩国传统特色的挂件做点缀。

　　这样精致的小店，在上海、台湾并不少见，但却是我在美国看到的第一家。

　　回家路上，住家发来短信，"质问"我为何没有早点到家，Jenny 灵机一动，让我回她，"我去了韩国一趟。"

生猛的课堂

　　跟中国式教育下冗长无聊的课程相比，Biology 在美国是非常有趣的。我到现在还对第一节生物课记忆犹新。就是在那节课上，生物老师教我们如何擦鱼缸，这项任务一直持续了两个星期。现在想来，那段时间正在学习生态系统，老师是想让我们自己也来造一个生态系统，结果没想到被我们给彻彻底底地带偏了。后来跟生物老师熟悉起来，我便知道，她上课是非常容易"跟着感觉走"的。

　　生物老师 Mrs. Flagen 是一位快乐的芬兰老太太。当然，她是绝对不会承认自己已经六十来岁的事实的。套用流行的话说，她肯定认为"我还是个孩子呢"。所以她喜欢任何小女孩喜爱的东西，小猪、洋娃娃之类的玩意儿堆满了她的桌子。

　　她人虽然很 nice，但上课却实在太随便了，可谓是想到哪上到哪。譬如，擦完两周鱼缸后，她忽然有一天告诉我们：明天要考试。可是书本上的东西却什么也没学啊。没关系，她会优哉游哉地把书本考试范围划给我们自学。至于考试，那就只能自求多福了。

所以，我的生物课，真的是冰火两重天。平日里，种花、栽树、养鱼、养虫子，都玩了个遍，但要考试了，她是毫不手软。虽说每次 quiz 或 test 之前，我都要看好久的书，才能弄明白许多十分晦涩的词汇，但我还是很喜欢生物老师的。

今年印象最深的，便是在课堂上解剖猪了。说真的，从小我的胆子并不大，如果让我解剖小白鼠，我也一定会怕老半天。可是我们老师就是生猛，一上来就给我来了头这么大的生物。我跟这头猪亲密接触了两周，刚开始闻到福尔马林的味道就想吐，但到后来，我已经可以从容地拿起猪内脏了。

不得不说，我的确有了很大的进步。

亲生父母

生物课上，我们在学习有关血型方面的知识。

生物老师：我现在举个例子，如果孩子是 O 型血，母亲是 B 型血，那么父亲是？

所有同学（除了我）异口同声：O 型血。

与此同时，我说：A 型血。

生物老师：你说什么？

所有同学再一次异口同声：O 型血。

我鄙夷地看着我的同学，义愤填膺道：A 型血！

生物老师惊奇于我那笃定的态度。

我很得意地告诉她，我之所以知道答案，那是因为我是 O 型，我妈是 B 型，而我知道我爸是 A 型。所以答案我自然是知道的。

生物老师很开心地说，原来这个 baby 就是你啊，然后在白板上写下了这道题的解法。最后的答案竟是 A，B，

O 都可以。我听到答案后真想找块豆腐拍死自己，因为我跟其他同学对峙那么久，竟然都没有想到提笔算算其他可能性。

这道题的正确答案出来后，生物老师很激动地跑过来对我说："Lincy，恭喜你，你的父母经我检查都是亲生父母。"

额，虽然我想表现得同样热情，但，我真的是无言以对好吗。

脱离苦海

今天，我不得不讲一讲美国十分坑人的通信公司。

初来美国时，许多朋友都跟我说一定要去买美国的合约机，因为据说非常划算。我也想着要快些解决通讯的问题，于是来美第二天，便去 AT&T 公司办好了合约机。

收到第一个月的账单，我是真的不敢相信我竟然用了180 美元。本身我也没觉得很贵，当我得知我其他同学都只花了四五十美元时，内心的确陷入崩溃。

我当时的想法是想直接不干了，但是 paper 上白纸黑字的写着我的合约时间是两年。于是，无法解约的我，只好对这次草率的行为展开补救措施。

首先，我打电话给 AT&T 公司，将我之前每月 3 个 G 的流量改为 500 M。你没有看错，就是只有可怜的 500M，这致使我接下来的数月，每天都会紧张兮兮地看手机有没有超过流量。可是等到下个月账单出来时，我竟然用了 500

美元！我整个人都已经要吐血了，绞尽脑汁地想起，我这个月因为一些急事，跟我妈妈通过电话，而我的合约机里并没有包括国际通话。所以我的通话费用是每分钟45美元。

我没有想到我能干出这么蠢的事，但骂自己一顿后还是只能乖乖交钱。接下来的几个月，我的手机基本上都要成为摆设了。因为什么都不能做，但每个月还是得付120美元左右。之后，苹果公司推出新款手机，我的朋友也想跟我办一个 family line。

在忍受了几个月之后，我也是到了忍无可忍、无需再忍的状态，于是下定决心要解约。只是解约这件事也是一波三折。

我先是到了朋友用的通信公司 T-Mobile。店员告诉我，他们可以帮助我跟 AT&T 那边交接并卖掉我现在的手机。可是他们研究了整整两个半小时后告诉我，我必须要自己去 AT&T 解约。（我当时只想问一句，那你们研究了半天是在干什么？）接着，我只好马不停蹄地去了 AT&T，把我之前的手机"上缴"并付了 250 美元违约金。然后，我只能又返回 T-Mobile，与我朋友办好了 family line。我们这样每个月每人只需付 50 美元，但是电话、短信、流量 unlimited。

虽然现在我已成功脱离苦海，当然这也不是 AT&T 的错，但因为有心理阴影，我还是决定，未来几年不跟此公司签订合约为妙。

开学伊始

就像在中国上学时一样，暑假总是眨眼就过去了。

八月十五号，学校正式上课。说到这儿，我不得不小小地吐槽一下，在美国上学的同学都知道，一般高中开学会在八月末或者九月初（大学会更晚一些）。像我们学校开学这样早的，的确不太多。

虽然这次开学我已显得十分从容，没有了去年的那种忐忑和小鹿乱撞，但开学伊始还是出现了一件好玩的新鲜事。学校今年破天荒地竟然收了一名越南籍的国际生。之所以说是破天荒，是因为按惯例学校一直只收中国国际生。（我在心里嘀咕，可能是今年没什么生源吧？）总之，我们对这位越南同学是充满着好奇，但又不知道怎么去跟她聊天。说起来很是汗颜，虽说越南是我国的"友好邻邦"，但本人才疏学浅，对越南实在可以说是一无所知。甚至在我的观念里，越南人民还生活在水深火热之中。

我们与这位越南同学的"破冰之旅"十分搞笑。

有一天，我朋友突然跑到那位同学旁边，对她说："Do you know HKT?"我听完这话差点没有笑出声来。（给大家普及一下，HKT是越南的一个洗剪吹音乐组合，代表作品是神曲"错错错"，感兴趣的童鞋可以自行搜索。）当时这位越南美眉表情可谓相当精彩，想想也是在情理之中。就好像一个外国人从来没跟我讲过话，结果说的第一句竟然是："你知不知道约瑟夫庞麦郎（就是那位唱《我的滑板鞋》的仁兄）？"我想我肯定也不会给她好脸色的。但这件事的确不是我朋友的错，HKT肯定是她绞尽脑汁想到的与越南唯一沾点边的事情了。后来我们同她的交集渐渐多了起来，发现之前对越南的观念完全是错的。她家的房子是公寓而不是住在山坳坳里，她的偶像是Bigbang、李敏镐，而不是那个HKT。既然如此，使我好奇和困惑的是，为什么我们会对越南有如此的印象和偏见呢？如果美国人对中国会有好奇和偏见，还可以用距离太远来解释，可是，我们对越南的知之甚少又该如何解释呢？仔细想想，对于同属于一个洲的邻国，我们又有多少除了娱乐新闻之外的真正了解呢？

Virtual Art

美国高中的课分为必修课和选修课两类。

顾名思义，必修课就是每个学生都必须要上的基础课。每所高中的必修课课程都会有些许的不同。以我的学校为例，必修课为数学、英语、化学、艺术鉴赏。特殊的是，我的学校必须要修满四年的宗教（theology）和两年的艺术课（art）。

选修课则是按照学生的兴趣自由选择的。不过话虽是这么说，但并不是百分之一百你能上到所选的选修课。如果你所选的那门选修课，申请人数过多或过少，你都可能会被调上其他课。今年我也遇到了这样的事情，我所申请的音乐课被调整为美术课。美术课是我最不想上的课，且没有之一。其主要原因则是我真的不会画画。我这里说的不会画画，绝对不是我的谦虚之词。记得之前在中国上美术课时，老师让我画人的五官，可是我画了整整两节课只画出了一个鼻子。当得知我被排上美术课这一"噩耗"时，我立马便去找课程老师换课。可是因为其他选修课人数都满了，而且学校有必须上满两年艺术课的硬性规定，我的换课计划就此搁浅。

最后，我不得不硬着头皮去上美术课了。本身我以为我会是全班画得最差的一个（我甚至已经提前跟美术老师讲了我完全不会画画的事实，希望她给我评分时可以手下留情），可是我发现事实并非如此。因为我所修的美术课叫做 Virtual Art I，它其实是美术课中的基础课，所以大多数同学都是没有什么绘画经验的。（在这里我必须要吐槽一下，它名字叫基础课，但反正我不认为这门课有多么简单。实际上，我这一个月所学习的知识，已经让我觉得比我在中国上十年美术课都要多得多。）所以大家可以想见，当我看到那些美国同学乱七八糟的画作时我释然的心情了。虽然比我画得好的也大有人在，但不管怎么说，这却是增加了我在美术上的信心。所以在接下来的课堂上，我都会尽力去完成老师布置的画画任务。

渐渐地，我发现自己的进步很大，虽然不至于很好，但至少是属于还能凑合的水平了。即便后来遇到了我最讨厌的素描，我也可以比较淡然地接受并去尝试。然而，这种巨大的转变仅仅只花了一个月的时间，这种变化让我感到万分惊喜。

　　其实我的所谓"画功"并没有变，改变的只是我的心态。在中国困扰了我许多年"完全不会画画"的说法，其实只是我内心的一种错误指引罢了。这种自我否定给我之后不敢尝试画画提供了冠冕堂皇的理由。会不会画画，其实并没有多大的问题，但让我害怕的是，我曾经因为这种自我否定，拒绝了多少值得尝试的事物呢？

Dr. Vincent

就像一名外国人来到中国，希望与人沟通但又害怕犯错一样，对于英语课，我长期怀着一种复杂的心情。因此，在英语课堂上，我一直挺沉默的。有的时候是的确不太会回答老师的问题，特别是在学莎士比亚、坎特伯雷故事集时，那些英语"文言文"把我弄得眼花缭乱。而有的时候，则是怕犯错不太敢说。可是，这一切在今年的英语课上发生了转变。

转变的原因倒不是我突然变 open 了，而是新换了一名英语老师。

Dr. Vincent 虽说是第一年来我们学校教书，但他工作经验十分丰富，读书时还是学霸级人物，他拿到了康奈尔大学的学士学位和南加州大学的博士学位。所以一开始，我还是非常尊敬他的。但是 Dr. Vincent 实在是风趣，而且在我美国同学的脑袋里，也从没出现过"因为他是博士，我就要尊敬他"这种思想，很快大家都跟他打成一片了。

这位英语老师实在能聊，造成我们上课总是抓不住重点。特别令人"震惊"的是，从这星期开始，他上课总是会莫名其妙叫我。这把我给搞得有点神经质了，只要一听到从他口中叫出"Lincy"，我便立马条件反射般开始回答问题。可很多时候他只是叫我的名字玩玩。对这种耍我的事情，刚开始的确让我有些困惑，我绞尽脑汁回忆哪里"招惹"他了。后来，总算想出了两条原因：

一是因为我的座位，我就坐他旁边，他不叫我叫谁？一跟他对视他就叫我，可有些时候我只是在放空啊。（不好意思，但人总归会有偷懒的时候吧？）

二是有一次我把护照丢了，被他捡到。可能是他第一次遇到这么神经大条的女孩，也有可能是被护照上的照片雷到了。

忐忑过完了一周，下一周去上课时，我"惊喜"地发现我已经深深印入他的脑海里。我不得不做出一些改变。我试着当老师叫我时，可以不再那么严肃地去回答问题，而是以聊天的方式去思考。渐渐地，我发现这样会使我轻松许多。

我并不清楚这是我个人的问题，还是大多数留学生的通病。虽说来美国已经一年多了，但我总是习惯用中国式思维去看待问题。我总是想着，老师叫到我回答问题，我便一定要给出正确答案。如果回答错了，老师肯定会在心中"鄙视"你。这其实是完全错误的，学生在美国老师心中，远远没有那么重要（恐怕中国老师也是这样，但中国老师一向口是心非，也有可能不表现出来罢了），老师只是负责教书，至于问题答得怎么样，Who cares？

Food Bank

来美国已经有一段时间，我也积累了不少服务 Food bank 的经验，今天给大家介绍一下。

Food bank（食品银行）是志愿服务的一种。像这种志愿活动，可以说与美国人的日常生活密不可分。很多美国学校都将它纳入对学生的学业要求中。特别是我上的这种宗教学校，每学期都会规定学生必须完成的 service hour（服务时间）。所以不要惊讶许多美国学生每年的服务时间可以达到上百个小时。除了学生，美国人非常提倡志愿服务，尤其是有宗教信仰的美国人，他们每周都会花一定时间在志愿活动上。

开始接触食品银行，我去的是 LA Food Bank（它应该是洛杉矶最大的食品银行了）。因为它很大，所以即使每天有很多人来帮忙，工作量也是非常大的。有一次，我在四个小时里扛了两千瓶苹果汁。由于是流水作业，完全没有时间也没办法偷懒。如果你认为这样搬搬扛扛就结束了，那就大错特错了。

食品银行虽说是把食品包装、分发给穷人，但食品挑选非常严格，必须保证新鲜和安全。LA Food Bank 有一个巨大的冷藏室，专门用来存放未来得及分发的食物，并且需要志愿者每天检查核对生产日期和保质期。这看起来是个很简单的活，可对于当时的我来说，这项任务算是艰巨异常。首先，我一直是比较怕冷的"动物"，那个冷藏室温度真的打得很低。其次，让我不可思议的是，LA Food Bank 对于不同的食物有不同的保鲜期限的处理。譬如，面包、糕点之类的食物，过了保质期，仍然能再食用一周；而酸奶就需要尽快处理掉。食品银行的工作人员给我发了一张纸，上面写满各种食物的可再存放时间。问题是，当中很多美国食物我都不认识。

我现在每周去的食品银行，位于蒙特利公园。这家食品银行规模不大，并且与之前我所提到的 LA Food Bank 有不同的分工。它的功能主要是负责发放食物。由于规模较小，所以能够接受食物的人，并不是随随便便，而需要实名。接受食物的人主要分为两类，一类是生活比较困难的家庭，另一类则是流浪汉。食品的发放量也有严格规定，通常情况下，流浪汉会比困难家庭拿到稍微多一点的食物；

食物按人头发放，即家里的人数越多，得到的食物也越多。

　　这家食品银行非常欢迎中国的志愿者，因为它救济的对象基本上都是美籍华人。蒙特利公园是洛杉矶有名的华人区，这些华人通常不会讲英语，他们非常需要我们去翻译。搞笑的是，在这家食品银行，最吃香的不是我，而是那些来自香港或者广东的同学，因为他们会说粤语，而那些被救济的人有一部分只会说粤语。我将我的工作经历讲给许多国内朋友听时，他们都很惊讶。我想不仅仅是我的朋友，许多国人习惯上都会认为，华人应该是以"土豪"形象示人的，未曾想到还有这么落魄的一面。

Red Jujube

前一阵子父母来美国看我，爸爸顺手带了一包新疆大枣给我。虽说我不太喜欢吃枣，但是本着不浪费的原则，我每天上学前都会随手往水杯里扔一个进去，权当泡茶喝。

周一英语课前，我刚把杯子拿出来，朋友 Sophia 就很夸张地叫了起来："Woo，Lincy，what is it？"面对她的询问，我不禁怔住了，因为我真的不知道红枣的英文单词是什么。所以，只好非常抱歉地告诉她，我无法回答告诉她那东西是什么。但 Sophia 明显对我杯子里的"庞然大物"非常好奇，我在课上数次看着她对着我的杯子发呆。

果然，下了课，她跑过来请求我形容一下这东西的口感。听到这个要求，我一开始是拒绝的。形容红枣的口感，这真的是一个很奇怪的问题。最后，我只能告诉她，红枣是一种干果，吃起来甜甜的，并且有很多功效云云。

本以为这个话题可以就此结束了，但没想到在接下来的几节课上，分别有同学向我询问这是什么东西。最后，我只好偷偷把水杯藏了起来。我不知道，美国同学对红枣竟如此陌生。回到家，我连忙去网上查找了红枣的相关资料。通过阅读，我知道了红枣的英文名是jujube（你没有看错，它的英文发音真的很奇怪），并且了解了其功效。

第二天，上课一碰到Sophia，我立即把我从家里带来的的新疆大枣，发给她和其他同学品尝。对于红枣的味道，大家的评价趋于两极化，一些同学认为其味道非常"terrible"，简直不知道是什么鬼；另外一部分则认为味道还不错。

Sophia同学说，红枣的味道像无花果干。我倒没觉得有多像。难道是因为都是干果的缘故？随后，我很自豪地告诉她们，红枣的英文名是jujube，原产地中国。朋友们却一脸茫然，显然她们并没有听说过这个英文单词。后来我才知道，其实美国人也吃枣子，只是大部分是经过处理的蜜饯。另外，他们所食用的枣子，都是那种小枣，而不是我所吃的"巨无霸"级的新疆大枣。

红枣这件事的落幕非常具有戏剧性。我给朋友介绍完其来历之后，便去上课了。我忘记告诉她们一件至关重要的事：吃红枣是需要吐核的。结果，我可怜的朋友们，在跟红枣持续奋战了十分钟之后，才发觉里面的核不能吃。

我想，她们近期应该都不会再想尝试红枣了。

我的司机朋友 Terry

Terry 是我的司机。确切的说，是我的住宿家庭雇她专门来接我上下学的。如果你据此认为我是个"土豪"的话，那么你注定只能失望了。虽然 Terry 是我的好朋友，但我不得不在文章开始之前吐槽一下，Terry 的车真的是我生平见过最差的轿车了。在洛杉矶，没有车寸步难行。而且因为车的价格相对较低，所以轿车更新换代也非常快。然而，Terry 的车竟然是她妈妈淘汰下来给她的，这车起码有二十年的历史了，车的性能可想而知。

这辆车的特点主要体现在两个方面：一、没有空调。这简直令我抓狂。去过洛杉矶的人应该知道它的夏天有多热，而我每天都要在 Terry 的"桑拿房"苦苦煎熬两个小时（我每天上学需要一个小时，堵车加上距离太远）。我曾经非常生气地问她，为什么不去修一下空调，她告诉我她去咨询过，修空调需要一万三千美元。我搞不懂这辆至多价值两千美元的车，为什么修一下空调会如此昂贵。二、经常出现各种故障。我坐 Terry 的车一年多，其中遇到大大小小的故障不下十次。她的车经常无缘无故地熄火。我曾一度"坏心眼"地希望她的车就此报废，这样我就不用再忍受每天非人的折磨了。

但神奇的是，她的这辆破车却总是能过一段时间之后，又莫名其妙地重新发动。我实在找不出这辆车继续存在的价值，但必须接受这样"残酷"而又"骨感"的现实。何况，虽然麻烦多多，看上去 Terry 却很是喜欢。

她是我的司机，也是我最好的美国朋友。我很喜欢她，当然，如果她能换一辆车，我会更爱她。她是个地地道道的美国人，今年已经六十二岁了，令我惊奇的是，她全然没有这个年龄的人应有的世故与洞察力，岁月没有给她留下任何印记。她似乎永远都是快乐且纯粹的。也许，这正是我与她跨越种族、文化、年龄的差异成为好朋友的原因。

一年前，当我刚刚来到美国，对于英语口语的不自信，使我在她面前比较沉默。然而，她的自然与真诚感染了我，并让我勇于表达自我。我跟 Terry 在每天上下学的两小时里谈论交流学习和生活上的趣事。她会讲述许多她的家庭发生的故事，她的叙述，让我对美国文化有了初步的认识。正是因为我与她每天的交流，我的英文口语才能在短短几个月取得很大的进步。所以说，在这一方面，Terry 可以说是我的老师了。

Terry 告诉我，在我之前，她也曾接送过两个中国留学生，但他们却总是不说话。因此她总认为中国人似乎都很沉默且不太有幽默感。直到遇见了我，她才发现原来中国人有时候话也很多（我只能说我十分冤枉，因为我话多，仅仅是想将事情描述清楚而已）。Terry 对中国的态度，如同许多美国人一样，感兴趣但并不了解。因为两个国家之间的距离实在是太遥远了。

Terry 总是问我一些我认为很奇怪的问题，譬如说在中国是不是不能上网？中国人是不是都很有钱？我觉得，她之所以问这些问题，正是由于她对中国不了解造成的。不知何时，也不知何故，中国的国际形象烙上了"强权"和"有钱"的印记。所以，我也会跟她说一些关于中国的文化和生活。结果上周，Terry 突然跟我"哀叹"，相比较美国，她更加希望能在中国生活。我开心之余感到非常惊讶，因为我真的不记得我讲了什么，就这样成功将她"洗脑"了。

Terry 还有个特点是热心，而且她经常太过于热心而让我感到负担。记得有一次，我只是无意中提及我没有睡袋去参加野营活动。她很抱歉地告诉我她也没有。如果换作一般人，应该就到此为止了。可是 Terry 明显不走寻常路，她立即二话不说打电话向她的朋友借睡袋。当她得知朋友也没有时，接着又打给了她的七大姑八大姨一号。她有十个兄弟姐妹。刚开始我没有什么反应，可当我发现她大有一种不借到睡袋不罢休的气势时，我感到非常过意不去，因为这件事只是我随口一说，却让她如此大费周章。

如果说 Terry 与我之间，凝聚着中美之间的"革命友谊"的话，我对 Terry 妈妈则是满满的崇拜之情了（虽然之后我发现，在美国像这样有主见的老奶奶非常多）。Terry 妈妈现在已经八十六岁了，走起路来仍然可被称为"风一般的女子"，身体非常棒。更加神奇的是，她妈妈的车技一流（在我看来，比她的女儿好太多了）我几次坐过 Terry 妈妈的车，她开得又快又稳，并且开一遍就可以记住她走过的路（这点也比 Terry 强太多了，Terry 曾经无数次找不到我家的房子在哪。哈哈）。另外，她还坚持每周都去做志愿活动。她打破了我之前对于老年生活的想象。老年生活并不等于无所事事地天天安坐家中，或者暮气沉沉地躺在床上，相反，它可以变得充实且精彩。况且，又有谁说过八十多岁就非得是老年人了呢？

Terry 一家是我接触最密切的美国家庭，我希望我与 Terry 的"革命友谊"可以长久地保持。但是最后，我还是弱弱地希望她能早日换掉那辆破车，可以吗？

Debate 大战之 Speech 篇

我今年新选修了 speech 课程。虽说是演讲课，但老师也会适当增加一些其他形式，例如表演、模仿来丰富课程内容。我下周的课题便是辩论。

在本周的课上，老师特地找到一段其他高中辩论比赛时的视频让我们观看，这使得我对辩论有了一个较为直观的认识。之前在国内，我并没有参加过非常正规的辩论比赛，在我的意识里，辩论差不多就是正反方分别陈述观点，然后反驳对方观点。虽说我这种理解大致并没有错，但在实际上，通过这一周相关视频的学习以及老师的讲解，我了解到其实辩论也有一定的规范要求，更不必说还有许多技巧和细节值得注意。

每一场辩论，双方需要同等的人数。譬如我们下一周要进行的辩论，老师就规定正反方各四人，讲台一般会放在正反方之间。当辩论正式开始时，正方一辩先上台阐述观点。在发言过程中，对方辩友可以对其观点提出质疑，但必须要起立举手，且得到正在发言者的同意。正在发言的人有权利对对方质疑者 say no，即不予理会。倘若发言者允许对方提问，那么即便这个问题有多奇怪和难回答，发言者也最好予以回应。这也是我的 speech 老师一直强调的一点，他说："Silence is the biggest killer。"也许你会问，如果对方提出的问题正在发言的人不会回答，而同组其他的队友知道如何回应怎么办？在这种情况下，理论上，发言者的其他队员，是不可以直接回答或者反驳对方的质疑的，但她们可以将自己的观点写在纸上，递给正在发言的人。这也是为什么在老师给我们观看的视频里，当一方一辩或者二辩在发言时，同组的其他成员还在奋笔疾书的原因。在辩论时，正反方的所有成员都必须上台发言，顺序为正反方辩手依次交替。

另外，在辩论过程中，也有一些礼节和手势需要注意。在辩论成员上台发言或发言结束时，同组的其他队友可以通过敲桌子来鼓励和营造氛围。（在今天的模拟辩论赛上，我还因为这个闹了笑话。我在每个人上场时都非常真诚且努力地拍桌子，但实际上只需要拍同组的就可以了。事后老师问我到底属于哪一方的。）在辩论结束后，双方辩友都需要握手来表示友好。

这就是我在 speech 课上所初步了解的关于辩论的一些知识。辩论其实也是一门艺术，它的核心在于有理有据。你提出的每一个观点或者质疑，都必须经得起推敲，都不能是空穴来风。否则，胡说八道的辩论与大妈骂街又有什么区别呢？这可能就是老师给我们两周时间，来准备辩论赛的原因。不过，对于现在的我来说，这一切关于辩论的知识只是纸上谈兵，我十分期待下周真正辩论的金戈铁马般的实践之战。

Debate 大战之 Religion 篇

　　这一周可以被称为是 debate week 了，在继演讲课上的辩论之后，宗教老师也不甘寂寞，宣布要进行辩论。

　　既然是宗教 debate，那么其内容自然与神学有关了。我们组拿到的辩题是：是否支持废除死刑。学校宗教课开课很多，每节宗教课人数也就十来个，我们组总共才四人，正反方再一分，每一方只有少得可怜的两人。相比较 speech 课时，每一方四人的强大阵容，这次的宗教 debate 难度系数自然要更大一些。

　　我与另一名同学 Erica 分为一组，我们的观点是支持废除死刑。刚刚拿到这个观点时，心里暗自窃喜。我认为不管怎么说，天主教与佛教同属宗教，都应该宣扬"慈悲为怀，不要杀生"之类的教义。这样，起码在宗教这一层面，可以与我们观点高度契合。结果呢？我通过查询资料，发现天主教果然任性。之前在宗教课上，我便了解到圣经分为两部分，即旧约和新约。这两部分在一些事情上观点迥然不同，死刑便是其中之一。Old testament 提倡"以牙还牙"，书上的原话是"如果有人捅了你一刀，你有权利捅回去"。它所体现的是一种复仇心理。然而在 new testament 上，耶稣才向众人传达了宽恕（forgiveness）、包容等观点。所以从宗教方面看，我们双方可以说是平分秋色，谁也讨不到便宜。于是，接下来，我只能将重心转移到寻找事例上，希望通过各种 evidence 来证明我们的观点。

很快，正式辩论就开始了。对于这次辩论，我想不仅是我们双方成员，还给现场的其他观众留下了深刻印象。因为真是太好玩了，好玩的点则在于，我们这次辩论的所有成员（其实也就四个人）都是中国人。也就是说，四个中国人要拿英文讲完整场辩论，并且其中的绝大部分都是即兴表达。

不过在辩论中，双方都是蛮拼的，豪不手软，全情投入。我们提出自己的观点，并通过大量例子来佐证。比如，我们列举强有力的事实（截止到现在，已有多少国家宣布废除死刑）来增加可信度。对方辩友的表现，也同样出色，他们通过一些极端组织及个人的例子，来反驳我们的观点，说明死刑存在的合理性和必要性。这场辩论战况其实十分"惨烈"，我们四个人实际上是非常好的朋友，但是明显在这件事上，大家都有"相爱相杀"的品质，双方都不愿意放过彼此，双方都问了一些非常刁钻且难以回答的问题。

这次辩论，我的搭档 Erica 还带出了一个非常大的"笑果"。由于辩论材料基本上都是我准备的，她对于其中的来龙去脉不太熟悉。因此当对方来质疑我们时，她显得非常着急地想来帮助我。但她对资料实在是太不熟悉（事实上，她只记住了我们观点中的一点，即"上帝宣扬宽恕的重要性"这一条），所以，在接下来的五分钟，只要对方质疑我们，她必定用这一条来反驳。在她将同样的话重复说了七八遍之后，对方同学"率先崩溃"，没有再继续质疑下去。

我们轻轻松松便讲到了三十分钟，当老师喊停时，我们甚至还有些意犹未尽。这的确超出了我们的预料。在辩论开始之前，我们其实都有些紧张，因为觉得作为国际生，我们不可能有美国同学那样的水准。但实际上，只要准备充分，我们可以比美国同学完成得更出色。即便说得有些磕磕绊绊，但所有人都能感受到我们的努力。

不安分的洛杉矶

最近一段时间，谈到洛杉矶似乎一直离不开"不安全"这个话题。每当有人得知我在洛杉矶读书时，都会问我："洛杉矶是不是不太安全呀？"亦或是"你一个人晚上敢出去吗？"诸如此类的问题。今天我便一并解答吧。

的确，洛杉矶是一个不太安分的城市。洛杉矶地处地震带，每年都要来那么几场地震；Downtown黑人众多，恐怖事件也不时发生；十二月份，因收到炸弹威胁，洛杉矶九百多所学校全部停课。这样算来，洛杉矶处处有危机，实在不适合居住和生活。我是不是应该就此搬家呢？

然而，真实总是隐藏于假象当中。细细想来，我刚刚列举的几个看似可怕的例子，却又并不是外人理解的那么一回事。先说地震，洛杉矶地震多是事实，历史上也的确发生过几次大地震。在来洛杉矶读书时，我也曾担心过地震的问题。然而，在这两年多来，我却一次也没有感受到洛杉矶地震的威力。究其原因是因为洛杉矶太大了（洛杉矶是由八十多个小城市组成的）。一般的小地震，只有临近几个城市的人才能感觉到。当然，洛杉矶发生大型地震的可能性也是蛮高的。最近，几个国际机构纷纷发声，表示预测出洛杉矶近几年会发生大地震。针对这个问题，洛杉矶其实也有相应的手段来预防。我的高中，几乎每个月都会有一次逃生演习，其中包括地震、火灾和枪击等威胁之下不同方式的逃生方法。另外，洛杉矶的房屋大多采用了轻便的建材，一般都是一层的结构，只有在 Downtown，才有几幢高楼。我曾对朋友说过，我来洛杉矶两年，却没有乘过一次电梯。虽然听起来有点心酸，但在地震来临时低层建筑的确能有效地保证人们的安全。

至于恐怖袭击，这似乎已经成为洛杉矶甚至整个美国的一大"标志"了。我们从国内的新闻中，时不时会看到美国遭受的枪击案和恐怖袭击。我们在同情美帝人民生活在水深火热的同时，也在庆幸我们国家对于枪支管理，甚至是诸如"菜刀实名制"之类的英明决策。在我小时候，我曾经单纯地认为：美国如此危险，人们都会扛着枪出门。现在回忆起来，虽然觉得当时的想法可笑，但也确实出于我对枪支合法化的想象与好奇。等来到美国后，我才了解到枪支对于大部分美国人来说，只是一种爱好，而不是一种防身或是伤人的武器。许多人买枪是用来收藏或打猎，因为大部分的枪都价格不菲。虽然每年枪击案都会发生，但是哪个国家没有几个疯子呢？可以说，枪支合法化并没有对美国人的生活造成过多的负面影响。

不可否认，美国社会同样存在着种种不合理以及弊端。某个角度看，也是由于美国政府在国际外交上的强硬态度，造成了恐怖事件的屡屡发生。洛杉矶的市中心便是一些社会不稳定人群的集聚区。在这里，经常会发生一些打架斗殴的事情。

带给我灵感的猴子

记得之前我曾说过，英语课一直是我不太有自信的课程。其中的外国诗歌更是让我头疼，一些外国诗歌的晦涩程度丝毫不亚于中国的古诗词。当我询问美国同学时，她们多半对这些诗也是一头雾水，且一本正经地胡说八道。因为会背并没有任何用处。就像我们可以将李商隐的"无题"倒背如流，但是仍然会将"春蚕到死丝方尽，蜡炬成灰泪始干"莫名其妙地用来形容老师。

在这周的课堂上，我们学习了两首诗，分别名为"red wheelbarrow"和"This is just to say"。千万别以为诗仅止于晦涩难懂，反正在我看来，这两首诗算得上是无厘头。第一首诗的原文如下：

> So much depends upon
>
> a red wheelbarrow
>
> glazed with rainwater

beside the white chickens.

我相信即便我没有翻译，大家也应该看得懂。这首诗十分简单，除了一些关键词，似乎并没有什么连贯的故事。但是它自身却有着神奇的魔力，令人觉得诗中所描写的一切，是多么的贴近现实。其作者 William Carlos Williams 正是开创了美国意象派诗歌的先驱人物。

接下来，Dr. Vincent（我的英语老师）又开始大放奇招，他让我们仿照"red wheelbarrow"，也来创作一首诗歌。写作要求一句话概括，就是没有要求。没有格式、字数、内容限制，诗中不能出现任何故事情节，只能有事物或图像的描写。虽说之前在学"red wheelbarrow"时，大家纷纷吐槽，但是当你真正拿起笔来写事物，却发现即便是写"无厘头"，也不是一件容易的事。在经过一番"天人交战"后，我写出了一篇自认为"不忍直视"的诗。

这首诗的创作灵感来源于我笔袋旁边挂的一只 Kipling 的猴子。诗的名字也十分言简意赅，就叫"Kipling"。

I have a lovely Kipling monkey

has nice purple fur

dancing lonely beside my pencil case.

中文意思是：我有一只可爱的 Kipling 猴子，它有紫色的毛，孤单地在我笔袋旁边跳舞。几分钟后，老师便让同学们来分享自己的诗了。老师直接点了我的名。

无奈之下，我只能硬着头皮读了一遍。结果没想到，英语老师竟然两眼放光，拿起我的笔记本又给全班读了一遍，并且说了一长串"amazing"之类的形容词。我本来以为他只是鼓励我，意思一下。当我正打算大手一挥，说"免礼"的时候，他竟然真诚地对我说，我的这首诗写得比他自己的好。这让我直到现在都有些困惑，我想也许，可能，我这首诗写得的确还不错吧？

Art Appreciation

Art appreciation 是我这学期新增的课程。这也意味着，算上之前我曾提到的 visual art，我今年需要上两门艺术课。开学第一周的 visual art 课继续大放奇招，要求我们在一个月内至少创作二十幅画，再加上刚刚开始的艺术鉴赏课，实在让我在开学之初倍感心累。

在 art appreciation 上课之初，我其实是有不少困惑的。到底什么是艺术鉴赏呢？为什么要上艺术鉴赏课呢？这个问题在第一节课上很快有了答案。老师对我们说，艺术鉴赏的目的，主要是培养我们对于一切"美"的事物感知与欣赏的能力。所以在第一节课上，老师并没有循规蹈矩地开始知识传授，而是让全体学生走出教室，观察校园内的事物。老师要求我们去仔细观察每一个棵树，每一条小径，每一幢房子。听到这个要求时，我感到困惑不解，因为整个校园于我真是太熟悉了，我甚至不认为今天这样走一圈会有什么新鲜的体验。

　　然而，当我们真正付诸行动，漫步于校园中，我却真真切切地感受到了不同。平日里走在校园，不是埋头疾走，赶着去上下一堂课，就是与朋友嬉戏打闹。我似乎从来没有用仰望、俯视这样不同的角度，观察学校内的一切。当这一切真的发生时，我感到无比的新鲜与不可思议。移步换景，此刻安静的校园，显得既熟悉又陌生。我尝试着去触摸树木的纹理，去观察光线打在不同物体上的不同感觉，去眺望不远处朦胧的山。来学校这么久，我竟然第一次发现附近有山，可见平日里一双善于发现的眼睛并没有开启。在这短短的二十分钟里，我觉得整个学校的形象，变得丰富且生动起来。到了这时候，我才算是初步有了主动观察与建构感知外部世界的能力。

　　Art Appreciation 不仅要求鉴赏画作，而且也需要自己动手完成画作和雕塑。后者在开学初的这一周还没有进行，所以今天我就先来讲一讲画作鉴赏。

　　在这一周里，我们基本上每天都要独立完成一幅画作的赏析。这些赏析的作品，大部分我都曾在中国的美术书中见过。*The Arnolfini Portrait* (《阿诺芬尼夫妇像》)，*Guernica* (《格尔尼卡》)，*Birth of Venus* (《维纳斯的诞生》)都是非常经典且著名的画作。但是，见过并不意味着理解。

在我的印象中，*The Arnolfini Portrait* 这幅画中的少妇是怀孕的形象。然而，在之后的讨论中，我得知蓬松繁复的衣服，是文艺复兴时期意大利的流行样式，这样看那个少妇其实并未怀孕。诸如此类的误解，在我之后的鉴赏中也常常出现。可见，要真正理解一幅画，充分了解当时的创作背景是十分必要的。

此外，"象征手法"也是赏析作品时必须关注的点。令我吃惊的是，画作中出现的一切事物，可能都有一定的象征及寓意。同样是在 *The Arnolfini Portrait* 中，画中人物的手势，墙上的镜子，甚至被子、衣服的颜色，都大量地运用了象征。这也是我在平日观察作品时无法意识到的。

我觉得，visual art 和 art appreciation 其实是将我在中国上学时的美术课，更加细化和具象化了。我一开始认为没有什么用处的 art appreciation，其实也是充满着魅力。她让我更加贴近生活、自然与美。

Powerball

这几天，Powerball 成为关键词席卷整个美国。Powerball（强力球）是美国的一种彩票，而在最近一次开奖时，奖金已高达十五亿美元。

十五亿，还是美金，天哪？大概没有谁能抗拒这个数字的诱惑吧！谁愿意终日奔波为生活打拼？谁不想轻轻松松就可以锦衣玉食后顾无忧？都是凡夫，岂能免俗。一旦中奖，即便减去各种税费，中奖人仍可拿到差不多六亿美金这样的天文数字。所以，基本上一夜间，美国人甚至是全世界人民都疯狂起来。

美国人和在美留学生捷足先登，立马去买了 Powerball 彩票。第二天我准备上学时，住家对我说的第一句话是"你买 Powerball 了吗？"当我拿出手机看朋友圈时，发现大批有生意头脑的朋友，已经联系国内的小伙伴代购彩票了。之后我特地询问，有的朋友自己一人就买了三百张彩票。可以说，无论是穷是富，每个人都怀揣着一个发财梦。

虽然大家讨论得热火朝天，我仍然不为所动，没有去买 Powerball。没买的原因自然不是高尚到对十五亿美金没有兴趣，而是因为我自认手气不佳运气平平。在国内连寻常的"再来一瓶"都没中过，更别提中到十五亿美元这种天上掉馅饼的事了。

好玩的是，在开奖的前几天，买了彩票的人，都开始沉浸在"可能中奖"的虚幻中。在化学课上，几位同学按捺不住激动之情，纷纷描绘起中奖之后的幸福生活。总而言之，大部分人最想做的事都不外乎"买幢豪宅""放弃学业""环游世界"这三大类。当然，这种事还是娱乐为主，切勿当真为好。如果将希望一直放在这几千万分之一的概率上，那无疑是痴人说梦。

最终，在大家怀着满心期待而又惴惴不安的心情下，开奖日到了。周围的朋友自然是一个也没有中奖。一位住在洛杉矶奇诺的越南裔小伙中得头奖。据报道称，这位中奖者原来是餐厅的服务生，在中奖后立马辞掉了工作。听到这个消息，我便猜想这位仁兄，肯定得把自己包裹严实，再去领奖。因为我曾经数次看到，中国的中奖者去领奖时，几乎永远看不到脸，甚至有时连性别都雾里看花。然而，等新闻出来时，我却发现他没有任何遮遮掩掩的扭捏。在照片上，我甚至连他笑容的褶子都看得一清二楚。我不太清楚他为什么不着任何防备就来领奖。他难道不担心亲戚、朋友来抢夺他的奖金吗？他难道不怕被嫉妒的人绑架甚至暗杀吗？

当然，问题也许不在他，而在认为他这行为奇怪的我们身上。在人与人交往时，我们是否顾虑太多呢？

▶ RAMONA CONVENT SECONDARY SCHOOL学校正门

▶ 化学课要求完成的海报

▶ 生猛的课堂 在生物课上完成解剖猪的实验

▶ 在junior retreat的活动上，大家一起做手工

▶ 西班牙语课上，在白板上写的自我介绍

▶ 在virtual art 课上的绘画成果，
从零基础到现在画得还不错，自认为进步很大

▶ 校园艺术课堂，我们的合唱团名闻加州

▶ 学校图书馆

▶ 学校图书馆保存历界校友的老照片，
不容易哦，时间横跨一个半世纪

▶ 在洛杉矶food bank做义工

▶ 校园学生画展，我的作品也在其中

▶ 在virtual art上，同学们在校园内写生

数学竞赛获奖杯

▶ 我和校园的百年古树

▶ 加入National Honor Society（美国荣誉高中联盟）

▶ 生物课上与搭档合作完成的实验作品

▶ 去巴厘岛做义工时与当地孩子们的合影

▶ 与奥斯卡最佳纪录片导演马尔科姆·克拉克合影

▶ 美语沙龙

▶ 校园服装文化节

万圣节上我与另类打扮的美术老师合影

▶ 参加洛杉矶华人中秋诗会

蔡彬溪小朋友，

争取做一个有思心，

有责任心的世界公民！

吴青

2013年5月25日

冰心之女、公共知识分子、
北京外国语大学教授吴青题赠

▶ 同不同国家的小伙伴骑车去金门大桥

Mr. Lee

Mr. Lee 是我现在的历史兼 speech 老师。可以说，他是我们学校我所接触到的老师中最搞笑和最幽默的一位了。

刚上他的课时，因为他种种"奇葩"的规定，我并不完全适应。比如，所有人进入他的课堂，必须从后门进，前门出。而大家平时养成的习惯，都是从前门进入教室的。所以在第一节课上，我很自然地从前门进到他的教室，结果一只脚还没有迈进去，Mr. Lee 就很大声地朝我吼了起来。初来乍到加上紧张，我一开始没有听清他在吼什么，还以为犯了什么大错，只知道傻愣愣地站在原地。后来经过同学提醒，才知道他只是想让我从后门进入教室。我当然对这个规定无法理解，然而事实证明，他这个"教条"的规定却是合理的。因为一旦发生什么意外事件（比如火灾，地震），如果大家都记得从前门撤离，就会避免从后门撤离时，冲撞其他同学的可能。

再比如，他要求我们提交的手写作业，必须用花体来写。也许对于外国人来说，写花体就像中国人写正楷一样，只是换了一种字体。然而对我来说，用花体写作业却非易事。事实上，在之前的学习中，我没有接触过花体，甚至都不能完全看懂。所以，在十年级开学之初，我花了很多时间在研究花体。时至今日，这一项规定我都无法 get 到它的作用。难道仅仅是为了美观？

Mr. Lee 其实是个非常和蔼可亲的老头。他今年已经六十六岁了，可他甚至认为自己还是个青春少年呢！在课堂上，除去基础教学，他还经常给我们布置一些好玩的 projects。譬如今年的 speech 课，就增加了 drama play（戏剧）、debate（辩论）等内容，让我们参与。短短几个月时间，却在我心中种下了对演讲和表演的浓厚兴趣。在这一点上，与我往常在国内学什么吐槽什么学科的情况，有了很大的不同。

另外，爱开玩笑和大嗓门教学，也是 Mr. Lee 的标签之一。上历史课时，只要 Mr. Lee 问问题全班没有反应，这时候，他就会默默从柜子里拿出一根棒球棍威胁我们。他开玩笑地说，如果不回答问题，就来揍我们。这时候，大家对于他的"幼稚"行为，直接选择无视（一般出现这种情况，其实是大家都不会回答这个问题而已）。每当这时，

Mr. Lee 都会做出一副痛心疾首的样子，并且说："Are you guys the college bond student? This is just a head question."

正因为 Mr. Lee 口是心非的好脾气，无论是美国同学，还是国际生，都很喜欢他，并且时不时地和他开玩笑。在一次演讲课上，我的演讲主题是向大家介绍自己六十年后的理想居住地。在演讲中，我对同学们说，我特地留了一个房间给 Mr. Lee，他可以来教我孙子历史。这时候，Mr. Lee 打断我，并让我放轻松，不要太过在意。理由是，他觉得自己应该活不到那个时候。虽然这个道理我是知道的，我也不认为他能活到一百三十岁，但是像 Mr. Lee 这样直白地说出来的人，也确实不多。

2016 年，已经是我认识 Mr. Lee 的第二年了，中间发生过许多让人哭笑不得的小插曲，限于篇幅，无法一一道来。但是通过这寥寥的几段文字，想必大家的脑海里，一定对这位可爱、可敬和幽默的老师，有了一个初步的印象吧。

七年之痒

当你回想起年少时光，必定会有一个或多个偶像级人物，影响甚至贯穿了你整个前青春期的记忆。这个偶像可能是科学家、政治领袖，也可能只是一个普通人。这个人可以大名鼎鼎，当然也可能籍籍无名。你全心投入且崇拜这个偶像，与他的职业、金钱或地位无关。

如果你以为我的偶像是比尔·盖茨或是马丁·路德·金，你可能得失望了。从这个角度看，我确确实实是个"俗人"，我的偶像无一例外都是娱乐明星（甚至于到现在，我都认为喜爱一位可能已经辞世的伟人是一件荒诞的事情）。从小到大，虽然犯过的花痴对象不少（希望大家可以理解，因为我是个健康正常的少女），但我认真喜欢并且崇拜过的，却只有张杰一个人而已。

奇怪的是，我从未认为我的偶像张杰长得帅过，况且那时，他已经不再单身（重要的事情讲三遍，我是一个健康正常的少女，并无任何不良癖好），所以对于为什么会喜欢一个既不是单身、也不是很帅的歌手，现在想来确实是一件匪夷所思的事。这也许验证了一句老话，喜欢一个人不需要理由。总而言之，结果就是我喜欢张杰，并且坚持了七年。

为此，我必须要感谢我的父母，那些父母反对追星的桥段，从没有在我身上发生过。处女座的爸爸，对我这个行为采取吐槽模式，因为他一贯认为自己是最帅的；妈妈则是我追星的最大受害者，因为我强迫她至少看了数百个我偶像的视频。

认真回忆起来，期间发生了许多或有趣或悲伤的故事。我可以将这漫漫追星路，大致分为三个阶段。第一阶段为了解期。由于我从小爱看芒果台，记得一次偶然的电视节目，产生了我对张杰的浓浓好感。适逢"全民娱乐、电视造星"的年代，来自于电视荧屏的各色明星，自然都带有大大小小的光环，不真实的感觉潜藏其中，而我竟全然不晓。那时候，我通过看各种各样的视频来熟悉并了解他。这也是为什么当初我逼着妈妈观看了许多有关张杰视频的原因。

第二阶段是热恋期，也可称为脑残期。当然，对于那个时候的我来说，是绝对不会承认自己的各种行为是脑残的，但真实情况的确如此。主要"症状"是，我开始有意无意忽略张杰身上所有的缺点，因为我已经被自己所"假设"出来的各种优点蒙住了双眼。并且，我无法接受任何人说关于他的坏话。我甚至于推翻了之前自己认为他长得不帅的言论，并且强迫我的朋友们，承认"张杰侧脸很帅"诸如此类的结论。通过不懈努力，我在心目中"硬生生"地将张杰树立为"高富帅"的形象。

第三阶段则为冷却期。在这一过程中，张杰之前被我刻意忽略的缺点，都一一显露并且被逐渐放大。可悲的是，这时我才发现，之前我所不能容忍的朋友们的吐槽，可能都是基于某些事实的客观描述。就如同我七年前毫无理由地喜欢上张杰一样，我发现我不再喜欢他也出现得莫名其妙。这件事发生在我来美国后，也许是随着年龄的增长和阅历的丰富，当然，我更希望是审美的变化。我开始认为，他身上的闪光点渐渐对我丧失了吸引力。我不再像以前一样，每天关注他的动态。我不再介意别人对他的看法，我开始在手机音乐列表里下载别的歌手的音乐。不再喜欢的原因，如果可以，简单地用一句话解释，那就是"我犯了全天下女人都会犯的错，我喜欢上了另外一个更加出色的明星"。

不管怎样，即便现在对于张杰的热情散去，我也不会直接无视过往的心路历程。在上个月，听闻张杰要来洛杉矶开音乐会时，我仍然第一时间报名参加。这的确是一个戏剧化的事情，因为当初在我疯狂喜欢他时，因为各种原因，我都未能见到他本人。现在，我却可以以一个过去歌迷的身份去看他的音乐会。当天，看着他随着幕布徐徐开启从黑暗中走出，我的内心却出奇的平静。我曾经幻想过见到张杰本人的情景，大哭、尖叫、心潮澎湃，却一个都没有真实发生。当我跳脱狂热粉丝这一身份来参加音乐会的整个过程，发现状况很多，我也从中感受到了中国与韩国娱乐业专业度的巨大差异。

当我看着他认真地在舞台上唱歌，我脑海中浮现出的，却是我之前崇拜他时的点点滴滴的场景。我突然找到了喜欢他七年的理由，那就是他一如既往的认真、努力和积极向上。我想，无论时光怎样荏苒，无论我们的面容会如何变化，当我未来的某年某月再一次看到他时，我都会想起我懵懵懂懂的七年时光，想起我曾经肆无忌惮的青春年华。

Uber

洛杉矶的交通经常被大家吐槽。大洛杉矶地区总面积87,940平方千米，相当于两个半台湾。有着如此广袤的地域，洛杉矶的交通设施却并不便捷，地铁、公交、出租车虽然都有，但并没有做到大范围的覆盖。可以毫不夸张地说，在洛杉矶如果没有车，基本上是寸步难行。

拜技术进步所赐，Uber（优步）的出现，对于我们这类还没有考驾驶执照的留学生，无疑是个福音，帮助我们解决了许多出行难题。

大约是在 2012 年，Uber 在美国开始流行（去年回国时，我看到不少国内的朋友，也在用 Uber 出行）。Uber 的功能，其实与出租车类似，但是却比出租车有着更多的优势。首先是便宜。二十分钟的车程，出租车大概需要 50 多美元，但是 Uber 却只要 20 美元。其次，Uber 选择性更广。在 Uber APP 上，有七类轿车可以选择，对应的价格也各不相同。如果我一个人去较远的地方并且时间宽裕，我一般会选"pool"，这个选项需要我与另一个陌生人拼车，时间虽然花费相对较长，但好处在性价比最高。如果打车的人数或者行李比较多，这时候选择 SUV 一类的大型车比较合理。当然如果你是土豪，也可以选择"LUX"等等选项，让林肯或是路虎来接你。

尽管 Uber 所选用的都是私家车，大家担心的安全问题，却基本上不存在。一位 Uber 司机告诉我，Uber 公司在此之前，会对车子质量和司机信息进行全面调查，只有满足条件的，才可以加入 Uber 系统。另外，打车人与司机不发生直接现金交易，乘客付的钱会直接打到 Uber 公司账上，之后再由 Uber 公司按百分之七十五的比例给司机。所以，这种商业模式的设计，也有效地避免了"不给小费就不来接"的情况发生。

正因为 Uber 所用的都是私家车，所以这当中大部分司机都有自己的工作，业余才是开车。我用 Uber 已经两年了，在这一过程中，也发生了许多有意思的事情。记得我刚来美国时，我用 Uber 并不熟练。有一天，我从 shopping mall 出来打车回住家，却把定位地址设置错了（把自己的定位地址设置在 mall 的中间，然而实际上我却是在 mall 的出口处）。果然不到两分钟，司机打电话过来，问我在哪里？我环顾四周，只看到一个大大的"forever 21"的广告牌，于是便结结巴巴地告诉他，我在那个广告牌旁边。电话那头沉默了几秒，正当我以为他没有听懂，打算再说一遍时，那位司机突然对我说："Can you speak Chinese？"我不禁一愣，回答他 Yes。话音刚落，那位司机就突然用东北话跟我大喊："老妹儿，你到底在哪啊？"我被结结实实吓了一跳，接着又听到他絮絮叨叨地跟我说："你看你把定位设在 shopping mall 里面，我也没法开进去呀！"这时候我才反应过来，原来司机是中国人。我如释重负，还是拿中文交流方便。于是我淡定地告诉他，我在 forever 21 的旁边。结果那位哥们很不耐烦地打断我："老妹儿，你可不可以说中文啊？"我一时无语，只好对他说："大哥，我在永远二十一的旁边。"最后这位神奇的东北大哥，竟然顺利地找到"永远二十一"接到了我。

在我接触到的司机中，大部分都是十分友善的。许多司机会把自己的车装饰一新，并且准备许多零食、饮料，免费给我们吃。我也十分乐意与他们聊天，在聊天过程中，我发现还真有不少司机对中国对亚洲很感兴趣。但是问的问题，有时却让我哭笑不得。记得有一位司机坚持让我放手机上的音乐给他听。适逢那时我对某个韩国组合很有好感，于是在放了几首中文歌后，便开始放这个组合的歌曲。

这时候，那个司机一脸惊奇地对我说："哇，你能够听得懂韩语？"（我事先已经告诉他，我是中国人了）。于是我跟他说我不能。接着他又追问我，是不是听得懂日语？我又耐着性子跟他说，我是中国人，我只听得懂中文。这位奇葩的司机便显得非常困惑，然后对我说，他一直以为中国、日本和韩国说的是同一种语言。

现在，我计划今年暑假就去学车，我的 Uber 生涯也将告一段落。围绕 Uber，其实还有许多有趣的见闻。在这个过程中，我接触到了许多形形色色的人和事，这也让我更快地了解到一个相对真实的美国。我想，无论何时回想起这段打 Uber 的时光，都是回味无穷的。

Junior Retreat

今天我们学校迎来了一年一度的 retreat。作为 junior（十一年级生），这次活动的内容可以简单概括成三个字：住学校。然而，我们学校并没有所谓的宿舍，这意味着今晚的休息场所，将会临时借住在学校的体育馆。对于我这种认床的人来说，实在是有些遭罪，所以刚开始，我对这次的 retreat 并没有什么积极的态度。

我们全年级 55 名学生被分成 13 组，再由每个小组展开活动。我与另外三名美国同学分在第四组。在这三名同学中，我只与其中一位关系很好，其他两位同学因为没有在一起上过课，仅仅算得上点头之交。所以活动刚刚开始时，我还是有些担心的。但是很快，我的这份尴尬和紧张就消失了，因为大家的热情，我们几乎立即就熟络起来了。

我们在一起展开了各式各样的游戏，其中最有意思的一个游戏在中国我也玩过。就是每个人竖起十根手指，并且依次说一件自认为干过的独一无二的事情，如果其余三个人都没有经历过类似的事情，就需要收起一根手指，到最后，手指剩下最多的获得胜利。虽然看起来只是一个简单的小游戏，但可以在短时间内让大家加深了解。特别是对我这样热衷八卦的人来说，这个游戏简直像为我度身定做的。不出一刻钟，我已牢牢掌握了这几位原本不是很熟的同学的各种资料，譬如有无男朋友，家庭情况，还有有无生活怪癖等等。

小组活动持续了两个小时，之后便是集体活动，集体活动的主题是"静下心来"。第一个活动是种盆栽。老师先给每个人发放一个花盆，并让我们用水彩笔和贴花纸来装饰它。之后，我们去花圃挑选自己喜欢的植物，并把它移栽到盆中。作为奖励，我们甚至还可以将自己所种的植物带回家。

如果说种盆栽这一活动还算正常的话，后面进行的几个环节，则是我无论如何也想象不到的。

老师把我们拉进室内，然后给每个人发放了一份讲义，让我们按上面的步骤练习。我漫不经心地拿起讲义瞄了一眼，停住，然后又仔细地看了一眼，在讲义的标题上大大地写着"Tai Chi"两个字。我虽然很怀疑我的眼睛，但是这上面写的确实是"太极"没错。翻到讲义的第二页，写着阴阳，并且还画了一张穴位图。

果不其然，接下来的一个小时，老师教我们打太极、按穴位。这让我颇为惊奇，因为我从没想到，在美国会接触到如此多的中国传统文化。不过不得不提的是，太极这样的国粹，到了美国也有些"水土不服"。特别是由美国老师来教，总觉得哪里怪怪的。譬如在学打太极时，我实在有些搞不懂：为什么半个小时一直在重复一个动作，并且老师一定要听到很明显的吸气呼气声才算满意。听着满屋子夸张的，此起彼伏的吸气呼气声，再看看大家都一本正经的样子，我有好几次忍不住笑出了声。接下来，我们又做了四十分钟的打坐练习，老师让我们放空心绪，不要有任何杂念。可能归功于我平常就喜欢发呆，这四十分钟对我而言，倒也算很快就过去了。

吃过晚饭，时间也不早了。本以为差不多可以睡觉了，没想到又被几位"精力充沛"的宗教老师拉起来做瑜伽。我虽然平时闲着没事也会练习一下，但在晚上九点半做瑜伽，倒真是头一次。老师让我们做了大约二十组动作，耗时约一个半小时，终于在晚上十一点结束了当天 retreat 的所有项目。然而对我来说，真正的挑战才刚刚开始。由于当天天公不作美，外面下起大雨，温度也骤降了十几度。特别要命的是，空旷的体育馆又要比别的地方更冷一些，这让穿着单薄的我们，冻得瑟瑟发抖。但是 retreat 无法临阵脱逃，我们只好通过各种努力解决问题。我将自己牢牢地裹进 sleeping bed，系上围巾，带上帽子（围巾、帽子都是从别人那里搜刮过来的），就这样过了一夜。也许是因为白天玩得太 high，我几乎是在下一秒就进入到深度昏睡中。这让与我同宿的小伙伴很是无语（我之前曾信誓旦旦跟她们说，我认床，肯定数着星星到天明）。

不管怎么说，这次的 junior retreat 令我印象深刻，作为亚洲人在美国体验了一把太极和瑜伽，还第一次在学校 gym 里睡觉。更重要的是通过这个活动我结交了新朋友，加深了与同学的友谊，并且提升了我在多变环境下的适应能力。

食客

陈晓卿的新书《至味在人间》，非常有趣。你一定听过或者看过由他执导的纪录片《舌尖上的中国》。我的美国住家曾对我说，正是由于看了那部片子，才萌生了对中国菜以及中国文化的兴趣。可见外交工作并不像你想象的那么复杂，美食的作用有时比孔子学院还要大而直接。

古语云：民以食为天。说的是，"吃"作为天下头等大事，在人们生活中不可或缺。随着时代变迁，"吃"也从起初解决口舌之欲的"吃得饱"，发展到现在的"吃得好"。这里的好，你可理解成美味，或者健康。当然，也可以像陈晓卿先生那样，从"吃什么"的初级阶段，进阶到"和谁吃"这样的新高度；如果再往前一步，像沈宏非、蔡澜一样，携一张嘴行走江湖，将"吃"演绎得出神入化，成为万众景仰的美食家，不失为另一条成功捷径。

所以呢，看似稀松寻常的"吃"，在形而上的意义上，显示了中华文化的博大精深。形而下的层面，可以肯定和确信的是，我们所有人都是食客，每个人心中都有属于自己的那一份对"人间美味"的记忆。

我心中的美味佳肴，听上去挺 low 的，至多只是一个极为平常的小吃，与我"高雅"的形象极其不符。每当我饥肠辘辘地躺在洛杉矶家中，回忆起这个小吃时，无数次让我有买机票飞回去的冲动。这个小吃就是小馄饨。哦，不对，它的前面必须有个修饰词，"小学门口的"小馄饨。我一直记得，校门口的小馄饨两块钱一碗，那时候对我而言，吃碗小馄饨简直就是奢侈的享受。因为家长觉得这样的小馄饨不太卫生，并不经常买给我吃，所以我要一点点凑满两块钱才可以吃上一碗。而这项凑钱的工程，几乎要花费我一周的时间。

等到我过关斩将坐在馄饨摊的小板凳上，只见老板娘手指上下翻飞，眨眼间就包好了十个小馄饨递给老板。老板将小馄饨放进沸水中煮熟，滤水后放到碗里；撒上紫菜、鸡精、虾米、香葱；最后再加入汤汁，一碗香气扑鼻的小馄饨就制作完成了。将热气腾腾的小馄饨端上桌，再根据自己的喜好淋上酱油或者辣汁，接着便可以大快朵颐了。

吃的过程就不再详说了，"畅快淋漓"四个字便可高度浓缩。除了享用美味，看老板煮小馄饨也是一大乐事。由于老板和老板娘配合默契，制作小馄饨的整个过程十分流畅，毫不拖泥带水，所以在之后很长的时间里，我都认为他们是真正的民间艺术家。

小学读书的六年间，老师同学时有变动，但是这个馄饨摊却一直陪伴着我的成长。之后离开小学，离开家乡，我也吃过许许多多各式各样的小馄饨，却一直没有尝到小学门口馄饨的"惊艳"滋味。

对于滋味的记忆，有个成语叫"众口难调"。就像我对小馄饨情有独钟，但你可能认为它只是一碗放了半碗鸡精半碗水的面疙瘩。因为祖国幅员辽阔，个人的口味和喜好，很大程度上与当地的饮食习惯密不可分。自己喜欢的食物，也许恰恰是别人所不能接受的。

正是由于这个原因，我也闹过一些笑话。我出生在江南，一直偏好清淡的食物。并且我忌口蛮多，这不吃那不吃（当然这是我的个人原因，我要为江南正名）。我爷爷奶奶是典型的苏北人，虽然同在江苏，但我觉得他们的饮食习惯比我要重口一些。比如说，我爷爷奶奶乃至我爸爸，都很喜欢吃猪头肉。更加令我"无法容忍"的是，奶奶还要买半成品回来亲自加工。某天晚上十一点，我跑到阳光房拿衣服，却赫然发现有一只猪头悬挂在空中，虽然光线昏暗，我却仍清晰地看到那只猪头冒着白光，挂着"一笑倾城"的招牌式微笑。我与之对视三秒,然后发出一声近乎撕心裂肺的惨叫。

还记起一件自己"no zuo, no die"的事。去年,我去上海与我爸爸的一位朋友会面。在经过双方坦诚友好的会晤后,她问我要吃些什么作为晚饭。这位大美女还十分热心地报了好几个菜系和饭馆名给我。平常家里人叫我的绰号是"黄鼠狼",可见我是个标准的肉食动物,而且特别喜欢吃鸡。但那天系初次见面,我认为自己拿主张实在不太礼貌。为了维护我一以贯之的"高贵"形象,我十分伪善地让她来做决定,并且还豪迈地加了句"没关系,多点点素好了"。于是,这位美女就把我拉到一家陕西饭馆,点了好几道类似于担担面之类的面食,可惜我实在对这些由各种佐料拌出来的宽面全无好感。当时,心就凉了半截。而她作为一个陕西人,却吃得津津有味。更加"雪上加霜"的是,她很认真地听取了我的"建设性意见",果然没点荤菜。一顿饭下来,唯一见到的那点肉末,就是在爆炒西兰花中出现的几块肥肉,如同茫茫草原上偶尔飘来的几片雪花。虽然平日我坚决不吃肥肉,但是抱着"有肉总比没肉好"的信念,我还是以风卷残云之势,毫不犹豫地把那两片肥肉给消灭掉了。

如果问,我的嘴里为什么常含口水,那是因为我对人间美食爱得深沉。

洛杉矶寻味记

上次提到了中国美食，今天我就来说说隐藏在美国洛杉矶的中华美味。

很多中国人初来美国，总会担心自己的胃"水土不服"，这种担心不无道理。虽然美国的餐饮，味道要比大英帝国强一些，但是毕竟一脉所承，大部分人还是不能完全适应。譬如在加州，墨西哥菜是一常见菜式，但是它的味道实在让我无法恭维。令我奇怪的是，无论吃哪一道墨西哥菜，我总是能尝出一股玉米片的味道。也许你会反驳我，好歹加州还有大名鼎鼎的 in-an-out 汉堡（一干好莱坞明星，都是这家店的死忠粉，乃至李安导演在参加奥斯卡颁奖礼时还在一刻不停地吃它），那滋味肯定不差。可是快餐终究是快餐，基因决定素质嘛。好比让中国人吃包子，天天吃到撑，最后肯定会吐。所以墨西哥美食，也就成了江湖上的传奇。偶尔膜拜一下可以，绝非满足口腹之欲的长久之计。

在这种复杂的国际形势下，找到一份对味的菜肴，满足中国人特殊的胃和浓浓的思乡之情，就显得非常迫切而又重要了。幸运的是，这个所谓的难题，放在如今的洛杉矶，那简直不是个事儿。否则作为"美食之都"，洛杉矶岂不是浪得虚名！拜全美华人数量第一的优势，只要去往那几个华人聚集区，你便可以轻松找到囊括了八大菜系、活色生香的中国味道。并且很多时候，它们比之中国本土的饭馆，味道似乎还要纯正一些。究其原因，也很容易解释得通。譬如，在中国东北找到一家正宗的江浙菜实属不易。因为在北方的江浙菜，很可能只是挂了一个"江浙菜"的招牌而已。挂羊头卖狗肉，又不是什么新鲜事。在洛杉矶，你所碰到的东北菜馆、四川饭馆、桂林米粉等等餐厅，则是由地地道道的东北人、四川人或者桂林人所经营的，味道也就自然正宗了许多。

尽管洛杉矶中国餐厅数不胜数，给我留下深刻印象的饭馆倒也不多。但还是有那么一家连锁店，给我的味蕾带来了不少愉快的记忆。现在无论我到哪个城市，一定会想尽办法到此饭店一游。要知道，洛杉矶地区大大小小的城市共有八十多个，对我这样的美食爱好者而言，这可是非常高的评价了。

这家饭馆名为"湖南小馆"，不仅名字普通，而且从地理位置到室内装潢，也是毫不起眼，颇有"大隐隐于市"的侠士遗风。可是它的份量却一点也不含糊，如同湖南人的豪爽性格。像我和同学两人，点上两三份菜，无论怎么吃，总是剩下不少。除此之外，这家餐厅菜的味道，也十分对我的胃口（至于地不地道，我一个江苏人，实在没啥发言权）。特别令人惊艳的是，在这家湖南菜馆，我最喜欢的一道菜却是蒙古烤鱼。虽然名字也许有"胡编乱造"之嫌，但要论起味道来，确实符合我对蒙古民族彪悍性格的想象。一条足有四五斤重的大鱼，被烤得松软适中，再与辣椒一道翻炒。端上桌，金灿灿的鱼身上配着红绿辣椒，还不时滴出油来，再闻着香喷喷的烤鱼味，真是幸福无比。将一块鱼肉放进嘴中细细咀嚼，外面香脆，里面肉质鲜美。让我这个先前真的不吃鱼的挑食家，第一次爱上了鱼的味道。

记得有一次把这家店推荐给朋友，她们大多不以为然，甚至露出某种不屑之情。想必它的坏境，的确不是很好。然而，在一顿饭后，本来半信半疑的朋友，立马变为这家店的"裙下之臣"。如今，越来越多的人认同"吃饭讲情调"这句话，此说不假，但理解也各有不同。如果说，在高级餐厅里摇着红酒是情调，那么在普普通通的寻常小店里，大快朵颐地品尝美食，也不失为另一种别样的情调。

前日，一位在内华达上学的老友在微信上向我抱怨，因为她在内华达，根本找不到一家稍微像样一点的中餐馆，十分羡慕我，并且告诫我一定要珍惜现在的"幸福生活"。也许在美国其他任何一个城市，都不会再吃到如此正宗的中华美食了。我摸着肚子上增长明显的赘肉暗想——这也许就是幸福的代价。

骨感巴厘岛

电脑已经连续数日跳出"修复十五个高危漏洞"的窗口，我特地抽出时间，清理电脑里各种"杂乱无章"的文件资料。无意间翻到了一份放在 C 盘未命名的文档，打开一看，竟是之前去巴厘岛时匆匆写就的随感。

我是去年暑假去的巴厘岛，当时的初衷是去巴厘岛做义工。我和好朋友两人此前报名参加了某个国际义工组织，组织给了我们一长串地点供选择，有缅甸、越南、斐济、黎巴嫩等风情各异的国家，里面有耳熟能详的巴厘岛，由于向往巴厘岛的美景已久，再说可以有一边做义工一边游玩的机会，何乐而不为呢？所以，我们几乎当机立断就选择了巴厘岛，作为此次义工之行的目的地。

"想象很丰满，现实很骨感"，这句话果然不错。一下飞机，我们就被拉到了位于巴厘岛中心——乌布下面的一个小镇。到达时已近午夜，整个小村子却连一点灯光都没有。我和朋友拖着行李箱，在路上摸索着走了半天，总算找到了组织给我们安排的"栖息地"。当我打开房灯，感觉整个人将要崩溃。房间里摆着六个上下铺的床，墙上爬着数只壁虎。更加过分的是，整个房间窗门大开，窗户根本无法关紧，似乎它从来就没有关紧过。面对如此"艰苦"的情况，便出现了我第一篇随感的内容。

"第一天到达巴厘岛，心情糟透了。住的地方十二个人一间，上下铺更是摇摇欲坠。最令我绝望的是，按印尼的习俗，在房间里必须光脚走。可是房间脏得难以下脚。国际友人跟我说，这儿的昆虫和小动物经常乱爬，即使爬到床上，都不奇怪。这让我恐惧万分。而且，为什么这里的公鸡一直在叫，已经晚上十二点了啊！无奈之下，我只好将自己从头到脚包了个严实，甚至连裤脚管也扎了起来。最后往身上喷了足足有半瓶花露水，再用被子闷住脑袋睡觉。总而言之，我现在就想回家！！！什么人间天堂，我甚至连一分钟都不想逗留。"

现在回头看当时的文字，我依然可以感受到彼时浓浓的愤怒之情。但这的的确确是我第一天来巴厘岛时的印象。

然而到了第三天，再来看我当时的随感，变化之大，简直判若两人。

"来到巴厘岛已经三天了，令我惊奇的是，从一开始的怨天尤人到基本适应，也就用了三天时间。现在，我可以在吃过晚饭后，自在地窝在我不太牢靠的床上。面对着许多蚊子的侵扰，以及从早叫到晚一刻不停的公鸡，也算基本上做到'心如止水'了。

"今天，我们学习了 local cooking。当地人有一样 special dessert，是将香蕉片用面粉裹好，放到油锅中炸。等到冷却时，再撒上巧克力酱就大功告成了。还有一道主食，则是我们在中国十分常见的春卷。然而这理应非常熟悉的食物，却让我闹了笑话。当我们的 tutor 将炒好的菜和春卷皮拿上来时，我跟同学以迅雷不及掩耳之势，将馅裹着皮，硬生生地吃了进去。我们完全忘了还需要油炸这个环节。其他歪果仁看到我们就那样吃下去，脸上的表情复杂得难以捉摸，一句话概括，就是'中国人太强悍了，惹不起'。"

可见，人的适应性和潜力还真不可小瞧。现在想想，读《鲁滨逊漂流记》时感觉不可思议的场景，其实只是没有遇到激活的机会罢了。对于我这样先天恐高，十分恐惧虫子的"城市文明人"，做到处之泰然，也只用了短短三天时间。

随后的几天里，我对印尼的文化、习俗等方面的知识，也有了初步了解。我很开心自己尝试了许多从未尝试过的事物和挑战。之前自己所认为的"不可能"，大概也慢慢变成了一个个"可能"。值得一提的是，当时在巴厘岛所学两周的印尼语，时至今日，竟然还记得比较清楚。然而我花了一年时间所修的西班牙语，倒是遗忘了大半（估计听到这里，我的西班牙语老师已经哭晕在厕所）。

巴厘岛支教

　　巴厘岛虽然不大，但它毕竟也是一个岛。这样算来，我去的乌布，简直就是巴厘岛的"内陆地区"。与我原先想象的所谓"人生乐趣"——每天睡到自然醒，躺在巴厘岛的海滩上晒太阳的情形不同，在乌布的两周时间里，我就没有见到一丁点海的影子，所以我特地抽出周末两天时间，去巴厘岛海边度了次假。

　　美丽的海景和雅致舒服的酒店，自然不必多说。除了缺一位帅哥，那就基本上是"完美"的节奏了。如此美景，几乎将我上一周的"阴霾"一扫而空。然而在享受的同时，我同样深刻地感受到，在巴厘岛这一方小小的地域，贫富差距却是如此巨大。巴厘岛沿海地带，旅游业发达，酒店商场林立，周边各种设施健全，这也许就是那么多人选择来此结婚、度蜜月的原因。而在乌布，我上周所住的"内陆地区"，到处都是泥泞小路，甚至有的村寨连像样的电灯都没有。

其实，每个国家都存在贫富差距。虽然在美国上学，但只要谈论到中国的"贫富差距"之类的敏感话题，留学生们的爱国之情都会暴涨，他们不愿意听到一点儿和"主旋律"相悖的言论——即使这些言说者并无恶意，或者言论本身也比较"理中客"。我们中的许多人仍然缺乏足够的胸襟，和坦然应对这些问题的从容。我不知道这是不是爱国主义情绪"泛滥"所导致的后遗症。

现在全世界有越来越多的人参与慈善和义工事业，但中国人参与的热情和比例，还很不高。比如这次的巴厘岛支教，本以为来的大部分，会是中国或者亚洲面孔，因为巴厘岛毕竟是亚洲的岛屿。但没想到，同组的二十多人中，只有三个是中国人，其余的义工，则都是从欧洲和美国飞过来的。

到了下周一，我即将开始为期一周的幼儿园支教活动。说实话，不紧张是不可能的。因为我不知道巴厘岛孩子的英语水平怎样。是 one，two，three 都不会，还是基本对话没有问题，我一点底也没有。当我来到幼儿园时，发现条件的确非常艰苦，和中国西部省份的情况差不多。整个幼儿园只有两个班级且不分年级，外加两个老师。

小朋友们热情欢迎我的到来，虽然他们的英语发音，让我听起来"一头雾水"，但我能感受到孩子和老师对我的友好。刚开始教课时，因为语言不通，之前准备的上课讲义，几乎派不上任何用场。又由于文化的差异，也让我产生了不小的困惑。例如我在教学"猜动物"的环节，画了一只老虎让大家猜，结果所有小朋友都认为我画的是猫或者兔子。我还很傻地着重强调老虎脸上的"王"字，却忽略了这些小朋友并不认识汉字。最后我只好硬着头皮，把猴子、大象一堆动物，用夸张的 body language 表演了一遍。虽说有些尴尬，但这个"自毁形象"的方法，却让我跟大家很快亲近了起来。

最后，我还是顺利且快乐地完成了第一天的教学任务。最重要的是，我对他们的英语 level 有了一个大概的认识，这对我之后的备课很有帮助。另外我发现，这里的孩子非常有礼貌，每天放学后，所有孩子都会走过来同我握手表示感谢，甚至有几个男孩子，还很认真地在我手背上用力亲了两下。

到了支教第三天，我已经完全融入到孩子们中间。前一个晚上，我花了三个小时备课。第二天，将所学内容的印尼语和英语都写在黑板上。在大家集体朗读过一遍后，我让孩子们 one by one 上台来读给我听，这对于纠正他们的发音非常必要。上完课，便是 break time 了，这也是大家最开心的时刻了（除我以外）。孩子们一窝蜂地瞬间跑向操场（说是操场，其实只是一个小小的花园），并自发围成一个圈坐下，然后开始玩游戏。游戏的名字叫做"stop stop stop，go！"其实就是被点到的两名同学互相追着跑。但没想到这样一个简单的游戏，恰恰成了我的"命门"。因为这群孩子跑得真是太快了！我十分郁闷，竟然连七岁的小女生也跑不过。遥想当年，我可是学校八百米跑的主力队员啊！后来，我将这一问题归结于我穿着鞋子而他们则是光脚（很多时候，他们都是赤脚走路），你说，赤脚的能不比穿鞋的跑得快吗？孩子们貌似也发现"老师跑得慢"这一秘密，在游戏时总是故意点到我。记得有一天，我在烈日炎炎下跑了七次。虽然每天这样的体力脑力劳动不断，但我却乐在其中，就权当增加些每日运动步数吧。

最后一天，孩子们知道我们即将离开，非常不舍。他们将自己买的礼物放在我的讲台上。下课后，很多孩子拉着我的手，久久地不愿离开。有几个小女生一连问了我好几次："老师，你什么时候回来啊？"

爱，是没有国界的，很多时候，需要的仅仅只是行动。

诚信

中国一直以礼仪之邦自居，但奇怪的是，在国际上，却总是能听到有人用"dishonest"和"impolite"（不诚实，不礼貌）来形容中国人。今年，因为诚信问题而惨遭美国大学除名的中国留学生，高达八千人，算是又创了新高，这的确不是一件光彩的事情。为什么许多国内品学兼优的学生，反倒是在出国后染上了不诚实的风气呢？我们需要正视这个现象，诚实面对"诚信缺失"的问题，找出链条背后的逻辑，而不是讳疾忌医。

我认为，美国有美国的规矩，中国自然有中国的法则，正是由于中美两国的文化和制度差异，才给这些"不诚实"有了可乘之机。

这里可以分享几个小例子。

当我第一次去AMC（即美国的电影院）时，非常吃惊。在中国看场电影，一般需要经历"三重门"：买票，检票，到各个放映厅时，还得再经历一次验票。在美国，却要简便许多。通常你买好票后，便可直接进入放映厅观影，根本没有验票的环节。这就是美国的规则，所有电影院都遵循此规则。

然而，某年某月，倘若某位仁兄在习惯了中国看电影的"三重门"之后，来到美国的影院，他会有什么想法呢？首先，也许，他会享受一阵美国买票观影的便捷，渐渐地，一些不该出现的小心思开始浮出水面，"既然没有工作人员在院厅前面把守，不就代表可以一张票串场看所有电影了吗？"他可能沾沾自喜于自己的聪明，直到有一天被工作人员抓住。中国人"不诚信"的大帽子，就这样从一个个案身上"荡漾"开来。这是一位朋友告诉我的真实例子，我也与这位故事里的主人公有过几面之缘。实际上，这位"不诚信"的主人公，并非是什么"无恶不作"的坏人。只是，他用中国式的小聪明，钻了美国制度的空子而已。

另一个例子则来自于我的学校。通过我的"不懈观察"，只能说，要想在美国考试作弊，实在是轻而易举。美国教室里基本没有监控，这使得对监控留有阴影的我来说，颇感轻松。说到我对监控的恐惧，倒不是因为作弊。在中国读书时，有两个男女同学如胶似漆，放学后在教室里kiss。我因是班委，走得最晚，有幸看到这一幕。都说好奇害死猫，然后我就坐在座位上，欣赏了全程。结果第二天，我和这对情侣一同被老师训斥。老师训斥的理由则是，我那时应该挺身而出，拿手中的鸡毛掸子把这对情侣给扫飞。对于这件事，我感到无比委屈和惊恐。这就好比我在电脑里看了韩剧第八集男女主人公深情款款地 kiss，结果第二天被有关部门请去喝茶。所以，美国学校没有了监控，我就再也不用感受老师翻看监控时的"惴惴不安"。另外，美国老师和中国老师比起来，大部分也缺乏丰富的想象力，比较"傻白甜"，基本上学生说什么，他们就信什么。

也许有人会问，既然作弊如此容易，那么岂不是不做白不做？事实并非如此，虽然每年大考都会有一两位同学作弊，但所占比例并不高。其中一个根本原因是，作弊虽然容易，但后果却相当严重。如果在大考中作弊，不仅成绩作废，更会面临被开除的危险。所以，在美国，大型考试如 SAT 之类，作弊的情况并不多见。大家也习惯了在没有监控和监考老师的情况下，独立完成考试的天然"正当性"。

美国的各种制度貌似都不太"完善"，但它们却给予了每个个体最基本的信任。也因为这样，人们学会用信任去回馈信任。不过，如果你"妄图"在美国制度的"漏洞"下"为所欲为"，最终你会发现，这些所谓的"漏洞"，正是检验诚实与否的"陷阱"。而你，必须为你的"率性而为"付出不菲的代价。

Norton Simon Museum

  去某个国家或城市旅行时，大部分人都会抱着旅游攻略，选择去所谓的"特色景点"参观游览。所以，我丝毫不奇怪许多人一提起美国，首先想到的就是自由女神像、好莱坞或者迪斯尼乐园。这些地方当然值得放进"旅行列表"，但如果我们有充分的时间，其实在那几个"必去景点"之外，还有更多的选项。因为，阿兰·德波顿在《旅行的艺术》中说过，"我们从旅行中获得的乐趣，或许更多地取决于我们旅行时的心境，而不是旅行目的地本身。"

  以我的旅行经验来看，如果想要真正了解一个国家或者城市，体察她的历史、人文和艺术成就，必须把博物馆作为旅行的一站。

  我来洛杉矶时间不短，只要一有闲暇，我特别喜欢到博物馆遛达遛达。虽说所去的博物馆还不怎么多，但每一个都很有特色，值得反复品赏。这其中，诺顿西蒙博物馆给我留下的印象最为深刻。

诺顿西蒙博物馆位于洛杉矶帕萨迪纳市中心，藏有早期绘画大师、印象派画家、现代艺术，以及来自印度、东南亚地区的一万二千余件传世名作，包括拉斐尔、伦布朗、莫奈、德加、梵高、毕加索等一大批巨匠的作品。

作为全世界已知的、最有名的私人艺术收藏品博物馆，该馆由美国实业家诺顿－西蒙于上世纪七十年代创办。西蒙凭借其对艺术的痴迷，积累了大量的世界收藏奇珍，从东南亚地区的雕塑，到欧洲文艺复兴时期的油画，再到二十世纪的现代艺术，跨度超过两千年，涵盖东西方视觉艺术的所有门类，因而获得了"帕萨迪纳艺术博物馆前世"的称呼。

第一次去诺顿西蒙博物馆，是由学校组织的。作为两门艺术课的选修生，学校要求并组织所有选修生，必须去诺顿西蒙博物馆参观。当我跟着大部队（其实也就二十多个同学）进到博物馆，对它的第一印象就是壮观。整个博物馆将陈列艺术品按时间轴线划分成五个不同展厅，由于馆藏品实在太多，光浏览其中一个展厅，就会用去至少半个小时。在参观过程中，我不时看到一些曾在杂志上见过的名画。抛开冷冰冰的印刷品，近距离欣赏这些画作，亲眼感受到画家给予纸张的生命——栩栩如生的人物风景，或优美灵动的造型，或夸张离奇的线条，这些都让人亢奋不已！我甚至还冒出了这些画作是不是真品的滑稽想法。

不过有些遗憾的是，这次博物馆之旅，时间安排得不够宽裕，许多作品只是走马观花，根本没有时间好好欣赏。所以，到了下一个周六，恰好我的父母来到洛杉矶，我带着他们再次来到了诺顿西蒙博物馆。

第二次博物馆之旅，我就游刃有余了。因为事先在网上做好了功课，我甚至在一些画作面前，给我父母作导览赏析。我还领着他们逛了博物馆主建筑后方的雕塑花园。七万九千平方英尺的花园里，种植着来自世界各地的植物，包括一百八十余种树木、灌木、藤本和多年生草本。就像莫奈《睡莲》画中的吉维尼花园，诺顿西蒙博物馆也有一个类似的清澈池塘，和欢快的小瀑布。水泥小径两旁的树丛中，点缀着华丽的雕塑作品。全世界艺术爱好者纷至沓来，一边徜徉在艺术空间里挥笔写生，一边享受宁静的自然气息。儿童穿梭在植物丛中尽情玩耍，大人则坐在长椅上看书，或仔细观察矗立在花园中的一尊尊大师的雕塑作品。

作为一个没有艺术背景的实业家，诺顿－西蒙用毕生的财富为人类打造了这样一个高雅的艺术殿堂，这想必是源于他对艺术偏执狂般的热爱。西蒙认为：最深刻的人类沟通方式，就是视觉艺术。通过艺术家眼中的世界，建立起与自身看法之间有意义的对话，从而帮助人类更全面地了解自我。

徜徉其间，我恍然大悟。原来艺术品不但具有个性、独立的审美价值，还能够启发心灵，促进思考。自从我入读美国高中选修艺术课程，我越发感受到艺术的重要性。大到一个国家、一个民族，小至这个星球上偏远的村落，都有着丰富独特的人文积淀。透过艺术，既可以了解一个地方隐藏在特色景点下的文化底蕴和艺术情怀，也可以获得心灵自由和自我解放。

"美漂"两周年记

　　作为"美漂"一族，我依然记得两年前十五岁的我初到美国时青涩而又充满好奇的模样。

　　十五岁，其实是一个颇为尴尬的年龄。既没有十一岁孩子无穷的好奇心和适应力，也没有达到成年人应有的成熟冷静和自制力，的确有几分前不着村、后不挨店的调调。当然，肯定有人会有歧义，十五岁为什么就没有好奇心了？人家某某某到八十岁，还在进行科学探索呢？所以，需要强调的是，我说的是没有无穷的好奇心，而不是没有好奇心。其实，从一些法律条例上也可见端倪。十一岁之前来美国的孩子，法律将自动默认你的第一语言就是英语，不需要再接受雅思、托福之类的语言测试。

　　可见，儿童时期对于不同环境的好奇心和适应力，是其他任何年龄段都无法超越的。但正如一个硬币的两面，换个角度看，十五岁也许是人生最好的年龄。如同一张红红的请柬，把我请出童年的梦幻，请进青春的遐想。七零八零后的叔叔阿姨不服不行。毕竟，年轻就是资本。

在这个充满矛盾的年龄，我选择漂洋过海，与美国来一场邂逅。虽然我现在"自吹自擂"说是邂逅，但实际过程并不浪漫，而且还充满着尴尬。语言问题是所有留学生必须面对的一道坎，不妨分享一下令我感到尴尬的一次经历。

这件事一直被我认为是过去两年中最为丢脸和耻辱的事情，且没有之一。某一天，我与朋友出去买奶茶。我注意到这家店的收银员，竟然是位大帅哥。或许是在女校待久了，这位帅哥激起了我"沉寂已久"的花痴之心，一直延续到结账时都没有平复。我小鹿乱撞地走到他面前，他问我："Do you need the receipt（你需不需要收据）？"我对这位帅哥脱口而出："My name is Lincy."这位帅哥自然又问了我一遍，可惜这时我的脑袋已经彻底秀逗了，我直接把名字拼给了他。最后，他一脸茫然地把收据递给了我。我当时的心情，用时下的流行说法，那就是尴尬症瞬间爆发。丢脸就算了，竟然在一个帅哥面前丢脸，杀伤力远远超过飓风。

如何避免此类人生"悲剧"？以短短两年的美国生活经历，我以为必须牢牢掌握三个基本技能，其功效，如锦囊之于武林侠客，可让你游走江湖毫无惧色。

第一个技能，就是微笑。还记得好多年前，我看过一档恋爱真人秀节目。节目中的女主要去拜访男主的家人，却因为语言问题，无法与其家人友好交流。女主很是焦急，而此时男主只是淡淡地说了一句："没关系，你只要一直保持微笑就可以了。"此去经年，这句话却一直深深地印在我的脑海。我甚至认为，微笑是人类除了艺术之外，跨越语言、种族和文字樊篱的最好沟通方式。

这样看来，其实人世间，原本就没有什么沟通障碍，只要你会微笑。学校里，老师的解析没有听懂，下课后只要微笑着再去请教一遍；生活中，如果别人语速过快，只要你微笑着请他们放慢节奏。大多数情况下，外国人都能够理解并做出相应的调整。只不过很多时候，中国人总是面无表情，让外国人误以为中国人高深莫测。

第二个技能，则是赞美。这倒并不是因为美国人特别喜欢"马屁精"，但是适度的赞美的确令人愉悦，不是吗？成功的交谈有时并不一定要交换多少信息，关键在于使交谈双方感到愉悦。正确而得体的赞美，则是谈话顺利而愉快进行的润滑剂。

当我刚刚来到美国，英语还不怎么流利，但我非常希望能尽快与周围的同学熟络起来。这时候，我与美国同学的闲聊基本如下：

"WA！ I really like your shoes."

"Thanks!"

"OH! I love your eyeliner. Where you buy it?"

"Really? I buy in the xx shopping mall."

……

对话简短，看起来也很无聊，但效果不错。我与许多朋友的友谊，都是始于这样的赞美。当然赞美不等同于一味地恭维他人。如果人家做了个洗剪吹造型，你也不能硬说她是神仙姐姐下凡。虽然中国人一直提倡"含蓄美"，但是我觉得大大方方表达自己的赞美，并不是一件坏事。特别是初来乍到，想与人探讨深奥的话题，无奈受制于表意的局限，不妨用一用"赞美"这个杀手锏，且不要太过吝啬。

至于最后一个技能，则是幽默感。大家都知道美国人很会开玩笑，但是许多人会有这样的疑问，那就是中国人和美国人的笑点会不会不一样？说实话，我也有过这样的担忧。至于答案，只能说，这个问题肯定存在，毕竟文化存在差异。但在实际交往中，我却并没有感受到太多这方面的语言鸿沟。我自认为外国人还是能够 get 到我的笑点的。记得上学期的演讲课，我每次都会努力把演讲稿做到生动有趣。事后看，我的演讲也总是让大家开怀不已。这说明，中美之间尽管隔着太平洋，但对待生活的态度，还是能够同频共振的。特别是在社会趋向文明、开放的环境下，搞笑是没有国界的。

现在，我所面对的语言问题越来越少，但我依然在用着这三个锦囊法宝。毕竟，行走江湖，谁又能拒绝一个充满幽默感、经常微笑、且从不吝啬赞美的人呢？

小城伯克利

很多人知道我在洛杉矶上高中，但很少有人知道，我在去洛杉矶之前，曾在旧金山度过一个月的游学生涯。

说是在旧金山，其实大多数时间，都是待在旧金山下面的一个城市——伯克利。全美排名第一的公立大学——加州大学伯克利分校，就盘踞在这座城市。那时候，我的理想大学正是它，于是我特别选择伯克利，作为赴美游学的第一站。

我刚来伯克利时，心中却有些许失望。为什么呢？因为伯克利是我来美国接触的第一个城市，很大程度上，它代表了我对美国的最初印象。伯克利小巧、平和的形象，与我想象中到处高楼林立、充满现代化气息的美国截然不同。

然而，在伯克利生活一个月后，我却彻底被这个小巧、精致且具有古典浪漫主义气质的城市所沦陷。伯克利真的很小，虽然我们称它为"城市"，但实际上它的面积，也就只有中国的一个镇那么大。从伯克利仅有的一条主街向东走五分钟，就到了加州大学伯克利分校；向北走十分钟，就到了我当时的寄宿家庭。在伯克利，如果要去什么地方，步行大都可以解决。正因为在伯克利走路走惯了，反倒让我到洛杉矶大感不适。前不久，在伯克利认识的中国朋友来洛杉矶游玩，我们商量路线时，她下意识地问我，去某个景点走路要多少分钟，我就只能用"呵呵"两字作答。

伯克利的交通十分便捷，只要拥有一张地铁卡，就可以在旧金山自由穿梭，畅行无阻。从伯克利出发，去离得最近的城市仅需十分钟，甚至去旧金山市区，也只要二十分钟。没有对比就没有伤害，在洛杉矶，没有车基本上寸步难行。所以，像我这样不会开车的，只能沦为饱受交通不便之害的"一小撮"，于是愈发念起伯克利的好来。

伯克利虽小，但设施齐全，各种商店应有尽有。一个月的游学生活，每天都要往返主街多次。我对附近那几条街的餐厅、饮料店和书店，简直了如指掌。一般我从家里出门，先去咖啡店买点心和咖啡作为早饭；中午休息时间，我会去附近书店逛一逛；傍晚放学后，沿着主街马路的另一边往回走，我可以经过好多家西餐馆，一家味道非常赞的甜品店和两个超市。我在美国吃到的几顿最为正宗的西餐，都是拜伯克利所赐。当然，其中有部分原因，是因为我在洛杉矶觅食，总情不自禁地选择中国菜。

说到超市，我不得不多说两句。

美国没有菜市场，超市因此分成两类。第一类超市，包括大家非常熟悉的沃尔玛、Target 等，它们卖零食和各种生活用品，但不卖菜；第二类超市，则充当了中国菜市场的角色，这类超市只卖肉、蔬菜、海鲜。超市如此分类不无道理，一来，这两类超市可以各司其职，互为补充；其次，也可以保障食材新鲜和超市整洁。

在伯克利，有家超市我几乎每天必去。我的寄宿家庭是个"素食主义者"，而我又是个"肉食动物"，我刚来时总是饿肚子。直到有一天，我发现那家超市里竟然在卖烤鸡，八美元一只，自此以后，每个星期我都会领一只烤鸡回去打打牙祭。那家超市的水果，物美价廉，我记得曾经花四美元买回一袋车厘子，新鲜地道。特别难忘的是，一袋子的分量还真不少，貌似吃了整整两天。可是自从我来到洛杉矶，就再也没见过这么便宜的车厘子了。

至于伯克利所具有的浪漫主义气质，其实是瞎扯，因为时至今日，我对浪漫主义也说不出个所以然来。然而每每提及伯克利，脑中却总是会不自觉地跳出"浪漫"和"情怀"这样的虚词。是的，浪漫，情怀，在这一点上，伯克利更像是一个欧洲的小城市，它既没有美国大城市繁华和寂寥并存的矛盾感，也没有美国中部一些小镇简单但又略显荒芜的空虚感。伯克利，是一个温暖的、彩色的、富裕的小城市。

伯克利的公园边、地铁口，时不时出现演奏各种乐器的街头艺术家。他们乐此不疲的原因，除少数是为了生计，相当一部分则是希望让更多人关注到他们的音乐。一位在伯克利分校念书的朋友跟我说，他也想去街边表演乐器，当时我倍感荒谬，但现在回想起来，为什么不呢？并不是每一个人都有机会登上维也纳金色大厅，如果你真诚地喜欢音乐并热衷于分享，在哪里演奏其实都无关紧要。每一处都可以成为你演奏人生的"主场"。

离开伯克利快两年了，在刚离开时，就打算写一篇关于它的文章，但当时构思时，却总觉得少了点什么，于是迟迟不敢动笔。直到最近，我再来写这篇文章时，终于找到了感觉。我终于明白，两年前离开伯克利时，缺少的，正是时间对我的磨练。倘若没有其后接触到几个不同的城市的经历，我很有可能还是无法发现伯克利的与众不同之处。

我想，有一天当我再次漫步伯克利的街道时，除了迈出优雅的步伐之外，我还要更加细致地去感受它的智慧与情怀。或许，在不经意之间，会找到小城浪漫主义气质的源泉。

旧金山游学记

许多人可能分不太清游学和留学有什么区别，我觉得其中最明显的还是时间长短的不同。譬如大学留学，顾名思义，基本上都是四年左右；而游学，持续时间从一个星期到半年不等。这几年国内有一个比较有趣的现象，一到寒暑假，许多中小学都会推出各类去美国、澳洲或者英国的游学营，其价格也是一路水涨船高。

最近，一位亲戚询问我这类夏令营值不值得参加。我一看，半个月收费三万多元人民币，着实让我吓了一跳。我连忙跟她说不要参加这个夏令营。从纯经济的角度看，十分不划算。那为什么这类夏令营收费如此之贵呢？暂且不说一些学校可能收了提成，就几个带队老师的成本，都是由学生分摊的。另外，既然是游学性质的夏令营，那么肯定是边游玩边学习了。家长们希望在"劳逸结合"中，收获"两全其美"。据参加过的朋友介绍，这种夏令营活动，大部分时间都花费在"走马观花"的"体验"上，更多迎合了中国家长"望子成龙""望女成凤"的热情。有相当一部分家长愿意花钱，也愿意相信，自己孩子的英语能力，可以在此期间得到很大的进步。

有这样美好的憧憬自然不是坏事，不过要让大部分中国家长失望的是，他们可能并没有意识到一些"游学"项目中的水分有多大。我固执地认为，要么全力以赴地去学习，要么痛痛快快地去玩。寄希望于边玩边学，甚至可以在短期内获得长久的知识，这种想法确实有些"理想主义"。所以，最后我对那位亲戚说，如果你是想通过这次经历让孩子开阔眼界，那么不妨一试；但如果你的目的是希望藉此提高孩子的英语成绩的话，那还不如用这些钱，正正经经地去上补习班，效果肯定会更好。

说到现在，大家可能感觉所谓游学简直一无是处吧？不过，也不能那么武断和绝对。譬如两年前，我在旧金山伯克利的游学，就给我带来了不小的收获。回想起来，我那次游学与刚刚所说的夏令营，还是有很大的不同。首先，我是一个人"独立作业"，并没有什么跟团的老师和同学；其次，整个游学营也没有多少中国人，甚至在我的班级里，只有我一名来自亚洲的同学。这有效地避免了我不自觉地去说中文的情况。在旧金山伯克利游学的这一个月时间里，收获最大的不是让我掌握了什么理论知识（其实现在我已经完全不记得当时学了些什么），而是让我培养了独立生活的经验，并且收获了更多友谊。

说到独立生活，在我游学之前的十五年里，完全没有这方面的经验。在国内，不管大大小小的事，家长们都会替你张罗好。到了美国，许多事，尤其是生活技能，都需要自己一点点开始学习和积累。旧金山游学，是我第一次去美国，也是我第一次独立远行。也许是因为年纪太小而不会顾虑太多，我拿着机票就飞去旧金山了，完全没有考虑过，如果没有人接机我会遇到怎样的境地，反倒是父母担忧得一晚上没睡。通过这次游学，我渐渐学会了如何去货比三家地买菜，如何开通手机网络和充值话费，如何有效率地去整理房间，如何规划每天的生活等等。这些看似简单、理所应当掌握的事项，因为在不同的国度和不一样的文化背景下，需要我一点一点地去了解和掌握。

至于收获到了友谊，这又是一段奇妙的经历。在我游学的第一天，老师就从"听说读写"几方面给我安排了检测，结果被分到了水平最高的一级去学习。但是还没有从这份自以为是的"学霸"虚荣中转过身来，我就受到了重重的一击。第一节课上，我基本就没有听明白老师在说什么。现在回忆，当时所学的应该是莎士比亚时期的文学，可惜那个时候，我的词汇量根本不足以知道"隐喻""十四行诗"这样的专业术语。

事后，我严重地怀疑：我可能是踩着及格线，才被分到最高 level 的班级里去的。班级里除了我，还有五名同学：一位来自瑞士，一位来自巴西，剩下的都是阿根廷的同学。作为唯一的亚洲人，我受到的待遇还不错，当我不太理解老师讲课的内容时，大家都会耐心地来帮助我。这也使得我第一次意识到，如果有任何问题，就应该及时地提出来沟通。最重要的是，即使疑问再没有含金量，也不会有人嘲笑你的提问。由于少了这样的顾虑，我与同学和老师很快打成了一片。

所以，倘要通过游学真正有所收获，只需把责任倒置，避免主体缺失的被游。那种在商家机构或父母包办下的游学活动，根本不是孩子自主选择、自我规划的结果。倒头来，孩子往往"游"得很被动。

但愿我的游学经历，对你的类似决策有所帮助。当然，如果国内的某些"游学机构"看了不爽，也请谅解，毕竟我只是看到了"一个硬币的背面"而已。

骑行金门大桥

来到旧金山，如果不去其标志性景点——金门大桥走一遭的话，那就好比来到北京没有爬长城一样奇怪。

于是，在游学的空隙，我与两位好友商量着周末去金门大桥游览。只是，这次为期一天的旅行比较特殊，特殊在整个行程我们都将通过自行车骑行来完成。骑自行车游览金门大桥，我认为是个不错的选择，既节能环保，又张弛有度。

可是，我的许多朋友在得知要将自行车作为本次旅行的代步工具后，纷纷止步。最后，我与另外一名主力成员，好不容易又拉了一位中国台湾同学、一位韩国人，还有我硬拽来的同班瑞士小哥，来自不同国家的五位"帅哥美女"，组成了本次"国际化阵容"旅行团。

我们先乘地铁来到旧金山市区。一出地铁口，旁边就有一个租车摊位。我们很快办好手续，并拿到了自行车。

租车摊位的小伙子得知我们要去金门大桥后，还很贴心地给每人发了张去金门大桥的路线图。

说实话，刚拿到自行车的刹那间，我的内心是很忐忑的。因为这离我最近一次骑自行车，似乎已两年有余，况且我的车技"乏善可陈"。于是，我主动要求骑在第二个顺序位，这样一来，前后夹击，就不用担心骑得太慢而骑丢了。在大部队一切准备就绪后，我们便"意气风发"地上路了。

这股豪迈之情并没有持续太久，很快，它就被接二连三的突发状况给打败了。首先，因为我们的旅行属临时起意，很多事情都没有准备充分。从地铁口到金门大桥，这一段距离，实际上大概需要一个半小时，这与大家想象中很快就能看到金门大桥的迫切心情落差太大。尽管我们已经骑了很久，但是一想到前路茫茫，那种"怀疑人生"的纠结可想而知。其次，这一段路途并不好走。路上布满了电车专用缆线轨道，而这些轨道都是凹下去的，自行车轮子非常容易卡进去。一旦车轮卡进这些轨道，你都来不及做出反应，车子就已经翻了。

于是，一路上，我们一行人几乎都摔了好几跤。还有一次，甚至于自行车的链条因此坏了，大家顺便温习了一下修车的技能。然而，令人难以置信的是，整个旅行，我竟然成为那个唯一没有摔跤的"幸运儿"。也许是因为我自知骑艺不佳，一路上都小心翼翼。结果，在一众"骑车大佬"纷纷遭遇"滑铁卢"之际，最应该摔跤的我，却坚持到了最后，这不得不写出来"炫耀"一番。虽然，骑车之旅出师不利，但是大家经过调整，还是很好地解决了各类难题。在骑了一个多小时后，我们终于见到了金门大桥。

金门大桥作为美国一个著名的标志，我在不同场合已经看到了不下十次它的照片。然而，唯有近距离观察，我才真正体会到它的大气、宏伟和独特魅力。金门大桥始建于1933年，历时四年半建成通车。大桥全长两千七百多米，跨越了加利福尼亚州的金门海峡，可以说是近代桥梁工程的一项奇迹。

在登桥之前，对于这样的长度，我是没有什么概念的，心想：一座桥能有多长呢？然而，我们一行人骑了四五十分钟，才骑完整座桥。实际上，在我刚刚踏上金门大桥之时，我就切切实实地感受到了它的威力。风实在是太大了，才骑了几步，大风就把我整件衣服吹了起来，很抱歉，我就只穿了一件衣服。于是，下一秒，我只好停车整理衣服。这边衣服刚整理完毕，头发又开始张牙舞爪起来，好一幅凌乱的画面。

环顾四周，我发现所有人都是一副被狂风蹂躏的模样。

这让我放弃抵抗，开始集中精力骑车。事实上，因为是迎风的缘故，每一步我骑得都十分艰难。好在每隔几百米，大桥都会有一个小小的向外突出的平台，供大家休息和观赏。在这个空隙，我又仔细地看了一下金门大桥的整体构造。从很多细节上可以看出，它的设计非常周到和巧妙。大桥中间，也就是最宽的那一部分，供车辆通过。它的左右两边，各有两个略小的道路：右手边的是人行道，左侧的则是自行车道。这样分开设计的思想，不仅体现了对每个人"路权"的尊重，也有效地维持了交通秩序。现如今，尽管每天有近十万辆汽车和络绎不绝的行人从桥上通过，秩序却井然有序。

　　从金门大桥下来，已经接近傍晚，只是我们的终极挑战才刚刚开始。早晨出发前，租车小哥就跟我们提到，归还自行车的摊位和之前租车的摊位不在同一个地方，需要我们到指定的地方还车。奇怪的是，我们在附近兜兜转转好半天，还是找不到还车的具体位置。最后大家决定再穿过几条马路试试看。

　　然而，最悲惨的就是在旧金山穿马路。去没去过旧金山的朋友都略有耳闻，它那崎岖不平的地形，真心令人抓狂。旧金山市区的几条街道，简直可以称为"山"，每一条街道的坡度都不算小。在我们连续翻过至少五座"山"后，我感觉身体都已不再属于自己——明明是在很努力地爬着，但感觉仍是在原地踏步。除了我们这五个"倒霉鬼"，路上的其他行人都是风一般地从我们身边走过（因为他们都是在走下坡路）。有几个行人与我求助的目光相遇，她们却微笑着对我说："You can do it!"在不知道翻越了几座"山"后，我们终于找到了还车的地方。这时候，每个人都已经精疲力尽了。

这次自行车"自驾游"创造了我人生的新体验。除了欣赏到简约大气、精巧绝伦的金门大桥外，一路上，小伙伴互相扶持的精神更令我难忘。的确，结伴旅行就应当如此，用行动解决问题，用理解代替埋怨。

飘扬的彩虹旗

最近有个视频十分火爆，登上了中国各大门户网站的新闻头条，内容是一名女大学生在校园内向同性友人求婚。我对于这则新闻没有感到奇怪，倒是诧异于不少中国网友对此新闻作出的激烈反应。在该新闻条目下面的评论里，百分之九十多的网友都表示坚决抵制、鄙视的态度，其中更不乏脏话连篇并极具攻击性的言论。就同性恋这一社会话题，我在去美国前后，也有了完全不一样的观感。所以，今天我想谈一谈中美民众对同性恋的认知差异。

西方国家看待同性恋，观念开放，相当宽容。自美国上世纪中期的民权运动之后，同性恋群体开始逐步被社会接受，同性恋"既不是罪恶，也不是病态"的观念，已经成为各阶层的共识。

不过，由于很多根本性的问题并没有解决，比如人类为什么会有同性恋，从人类现有的伦理学上如何解决同性恋的伦理问题等等，同时，宗教与传统的观念也在影响着人们的认识，所以，在美国，最近几十年，同性恋话题的热度似乎并没有明显减弱，包括在四年一度的总统大选中，也都成为总统候选人不可回避的话题。在学校里，几乎每个学科都会涉及到有关同性恋话题的 project。

我刚来美国时，对同性恋也是不敢苟同的。每当看到同性恋者，我总是不自觉地带着有色眼镜看他们，并将他们与"奇怪""变态"等词画上等号，这一过度反应其实与文章开头网友们的"表情"差不多。我来美国的第一站是旧金山，而旧金山又是全世界非常有名的"同性恋之都"，他们泰然自若地在屋顶插上彩虹旗。餐厅里，地铁上，任何你能想象到的地方，都能看到同性恋们互相拥吻的场景。某次在地铁里，站在我前面的一对同性恋人在"秀恩爱"，我立马把头转过去，却发现我左边另一对 couple 也在热吻进行中，尴尬之余让我内心大呼接受无能。

然而，真正改变我对同性恋看法的，是我在旧金山时住宿家庭的两位主人。他们是我亲密接触的第一对男同朋友（搞笑的是，他们的"夫妻"关系，我住了五天之后才知晓，之前我一直认为，女主人在度假，这两位只是纯洁的好友关系），这两位"伴侣"，一位是华裔，一位是白人，并都在旧金山一所著名大学任职，可以说是典型的"高富帅"。虽然他们是同性恋，但是在我们相处的过程中，却从来没有让我感觉到不适，他们两人积极乐观的生活态度，甚至对我影响颇深。

在游学的一个月里，他们每天吃过晚饭，都要带着我跟一只萨摩耶出去散步，并且一定带上塑料袋去捡狗狗的大便。到了周末，我们会一起去海边兜风。甚至于，他们还共同收养了一个两岁的小男孩。总之，一家三口其乐融融，生活美满。正因为这次奇妙的经历，让我对同性恋有了更加客观深入的了解。

基于"人人享有平等权利"的思想，我认识到，同性恋者首先是健康、平等、具有独立思想的"人"，至于是"straight"还是"gay"，这是他们自己的选择。而这一选择，相信也是他们在完成了自我认知之后所做出的决定，其他任何人都无权干涉他们的这一权利。

所以在"女大学生向同性求婚"这则新闻下出现的某类评论，在我看来就有些好笑。该类评论先是言辞激烈地"批评"新闻当事人，然后突转画风走起"琼瑶"路线，说了大致是"子不教，父之过，你们有没有考虑过自己父母的感受！"这样的话，打起温情脉脉的"感情牌"，看似令人动容，但是仔细琢磨却有歧义。自己的性取向，不妨碍他人的选择，当然是自己负责，与父母又有什么关系呢？

一者，同性恋并没有什么过错，充其量只是上帝造人时的一个疏忽罢了；二者，性取向实在与父母无关，又不是父母引导孩子成为同性恋的。"子不教，父之过"固然没错，但是这句话用在此处，只能证明你"三字经"背得比较熟而已。

近年来，中国同性恋人群的比例呈大幅增长的势头，背后的原因耐人寻味。其实，在古代，中国即有"断袖之癖""龙阳之好"的说法，可见同性恋由来已久，然而这些年却有越来越流行之势。

是的，"流行"这个词已经揭示了同性恋越来越多的真相。

很多年轻人选择把同性恋作为评判时髦与否的标准，纷纷去凑热闹，硬是把自己包装成了"搞基""百合"的形象。可以说，在中国现在的同性恋人群中，这样的"伪同性恋"并不在少数。甚至于许多明星和公众人物，也热衷于表现出"男男情深"或"女女情深"的画面来吸引眼球。无论其目的如何，通过这种方式来博取关注委实有些不当。不仅违背了同性恋人的"选择自由"，并且有可能加深对同性恋群体的误解。

回到文章开头所说的热门新闻，从舆论所引发的一边倒中也不难看出，虽然许多人自诩开放包容，但是他们的价值观念，也许只建立在那些"伪同性恋"的情况之下，在真实的案例面前，那些支持"男男 CP"的"腐女"们却全都选择了集体噤声。

也许，我们缺少的，恰恰就是这种与生俱来的"自由"基因。没有这样的土壤，任何的标新立异都将招来旁人的侧目，每个人都不可能成为特立独行的"自由人"。而绑架这种"自由"的，正是"爱"和"宽容"的缺失。

一切都是套路

前几天，我与刚刚参加完高考的好友聊天。

我问："哎，你高考时拿到作文题目会不会很紧张？"

她显然没想到我的问题如此没有水准，翻了个白眼，满脸"鄙夷"地对我说："大姐，你又不是没上过高中，我们不都是有准备好的作文范例可以套用的吗？"

我一拍脑袋，对哦。没想到才离开国内两年，我却早已将写作应试文章的技巧给忘得一干二净了。

与好友叙完旧不久，竟然在电脑里翻出一篇自己高一时写的应试作文。这篇命题作文，名字叫做"那一刻"，以下为原文。

锦瑟无端五十弦，一弦一柱思华年。

——题记

110

人生漫长且短暂。

漫长的是岁月，短暂的则是那份藏匿于岁月中的悸动和偶然。百无聊赖的日子终究会被遗忘，而那份悸动和偶然则会无限放大并延续。

那一刻与你相遇——昆曲，我将永远铭记。

记得是初秋的一个傍晚，余热不散。我在略显拥挤的教室里，陷入了数学题海的包围，又将是一场惊心动魄的持久战。这时，电视里蓦然传来一阵音乐，笛声的缠绵，琵琶的轻脆，古琴的悠扬便这样荡漾开来。我在不知不觉中，放下手中的笔，禁不住抬起头来，又是一尾清越的吊嗓，你终于"千呼万唤始出来"。你拾级而上，缓步登场，你那一颦一笑，时至今日，我仍记得清楚彻骨。在那一刻，我不是不诧异与疑惑。我从不知道，在这重商主义盛行、浮华的后工业时代，竟然还有你这般遗世孤傲的存在。而我，终于跨越六百余年的时光，与你相遇，并激荡共鸣！

始于那一刻的相遇，扑面而来的"百戏之祖"，并没有拒人千里的苍老，反如悄然绽放，极清雅、极精致的一朵幽兰。令喧哗闹市顿时静谧成空寂山谷，令人惊艳。不仅填补了我内心世界的迷茫与单调，更向我展示了那一方不曾涉猎的天地。

因为那一刻的心动，我开始主动拥抱你，并想了解你的"离支关系"。

源于那一刻的痴迷，我开始学习古琴，虽是生涩，但终究在一步步向你靠近。

起于那一刻的觉醒，我不再看那些流行的肥皂剧，取而代之的是，床头那一摞艰涩乏味的传统文化典籍。

只是，我不愿只将那一刻的相遇封于记忆，而希望将那一份悸动延续。一部注入青春气息的《牡丹亭》，可以称得上是一个传统文化现代复活的奇迹，不仅让昆曲重新站到了当代舞台的中心，也成为媒体和学术界的关注热点。但除此之外，偌大的舞台上，真正留住观众的昆曲还不多。我在想，诸如昆曲这样的传统文化，如何改变日渐衰败的命运呢？

生长于江南园林的昆曲，独具浓郁的人文气息，需要演员潜心沉淀，否则读不懂那些古典诗词般的剧本，又怎能演绎出人物内心的离愁别绪。此外，还需要在忠实原著的基础上有所创新，做到尊重并契合传统，但又不是盲从与跟风。

星云大师曾说：我们的所有文化，都源于我们是中国人。一个人的力量的确微小，但它决不微弱！

我也深信：虽然现代社会繁华喧闹，人心浮躁，但只要怀着一颗对传统文化的感念之心，坚持对古典文化的集体意识和本质认同，昆曲这样的戏剧之花仍将常开不败。

　　再看这篇文章的心情，于我而言是微妙的。因为这篇作文，完完全全可以说是国内应试作文的一个缩影。也让我立即回忆起，之前与应试作文"斗智斗勇"的写作"套路"。

　　起初写应试作文，我都老老实实地想新的例子和故事，并运用在每篇文章里。然而，因为考试时间有限，且引用不同的故事，一旦不恰当，就会有跑题的风险，这种冒险曾一度造成作文得分不高的后果。转变发生在初三，不知是受到什么"神明的启发"，我在那一段时间，疯狂地迷恋上了婉转悠长、充满韵味和意境美的散文。也许是一味追求自己所认为的"美感"，我总喜欢用晦涩难懂的文字，绕着圈儿地去形容一件事。

　　然而，这并不是散文的魅力所在。我当时所追求的，用故作深沉的语言和繁复华丽的辞藻堆砌起来的，只能是虚无缥缈的海市蜃楼，它不具备撼动心灵的力量。当然，彼时的我肯定没有想得如此深远，我只知道，写散文可以得到高分，这就足够了。在之后的两年时间里，我选择将散文进行到底——基本上没有换过其他文体。那么你也许会纳闷，如果作文题限制了文体怎么办呢？（有的作文题规定只可写议论文）Don't worry. 这时候，我就会跟老师说，我写的可是议论性散文。

所有人可能都知道散文"形散神不散"的特点，但现实却是，不要说是学生，老师有时候也无法领悟这看似简单的五个字。我写散文只出现过唯一一次滑铁卢，老师给了我相当低的分数，并在我的文章底下用红笔写了一个大大的"空"字。我对这一结果很是不解，因为我的那篇文章，与我之前所写的，无论结构，还是内容，都很类似，为何分数却大相径庭？老师第二天布置作业，让我们重写，我十分任性地将原来的考场文字，一字未改地抄了一遍上交。令人瞠目的是，老师最后却把我的这篇一模一样的文章批了个高分。

到了高一，"套路"又进了一层。我的应试作文百分之八十写的是散文，而这些散文中，百分之八十的题材，就如同展示的那篇文章一样，都有关昆曲。其实，昆曲这个选题是我自己的 idea，前面的那篇应试作文中，我所说邂逅昆曲的过程，也都是真实的经历。老师对我选材昆曲更是赞不绝口，想必又是非物质文化遗产，又体现知识视野的"高大上"，自然能得高分。

之后的大部分考试，或多或少我都写到昆曲。如果说第一次作文写昆曲是我感情的自热流露，之后的写作却渐渐地让我丧失了那份对于昆曲的挚爱。甚至在高一的某个阶段，写作应试作文已经让我如同流水作业的机器一样麻木。对此，我也曾矛盾过，要不要转变一下写作风格。即便文体不变，改变一下题材也行。

可是，每当我在考试中拿到作文题目，却总是担心，自己的创新会不讨阅卷老师喜欢。再加上大部分文章材料过于贫乏，除了站队思想和主题先行外，最重要的是，出题者早已暗设了一个你必须如此这般的写作方向。否则，就不可能得到高分。这样的经验导向，从而让我不由自主地用"老套路"去完成"新文章"。行云流水，一篇篇热腾腾的应试作文就这样"下线"了。

作为"中国高考下的蛋"，我十分理解学生用所谓的范文和模板，去完成高考写作的行为。因为大家都是这样走过来的，本质上是用一个"套路"去解决了另一个"套路"。然而，在"应付"完考试过后，有多少人会尝试着用文字去描述心灵？又有多少人就此"沦陷"，让笔、文字和思想，停滞在所谓的"套路"中不能自拔？

你能

2014 年在江苏常州中学圣诞晚会上的演讲

Hello，everyone。我是蔡林溪，SC Western Dream 的负责人。我现在是 SC 在大陆的负责人。

我毕业于常州二十四中，在初中的三年里，我是一直听着老师的唠叨：跨过罗汉路，直到省常中。可惜，我没有跨过去。

现在我就读于美国洛杉矶一所有一百二十五年历史的教会女中 Ramona Convent Secondary School。

我平常很喜欢利用课余时间去做一些志愿活动。

当我在读初中时，一次偶然的机会，我参加了由天涯论坛发起的微公益活动。

这个活动可能一些同学并不熟悉，但其中的"免费午餐"想必大家都很熟悉吧。从那以后，我开始经常参与一些公益活动，我还担任了常州博物馆的英文译员。

来到美国后，我接触到更多更丰富的志愿者活动。我每周都会去食品银行（Food bank）和教堂，给人们分发所需的食物。记得有一天，我在 Food bank 里搬了两千瓶苹果汁，真的很累，回来就瘫倒在床上。

我在洛杉矶已经待了五个月了。像洛杉矶、旧金山这些繁华的国际都市，其实都成长于一百多年前美国西部的"淘金时代"。这让我联想到中国大陆的西部，比起美国西部的繁华与忙碌，中国西部的甘肃、青海等地的山区那里还很落后。我们可以想象一下，当我们在优美的校园里学习时，贫困地区的孩子们甚至没有上学的机会。

于是我有了想要通过建立组织，开展公益互助，帮助贫困地区孩子上学的想法。说干就干，我和我的小伙伴们着手成立了 SC Western Dream 这个组织。

SC Western Dream 的活动其实很简单。我们采取双方相互帮助的方式，来实现筹集善款的目的。整个活动分成两个部分，第一部分是由美国志愿者为中国西部的贫困家庭献爱心，所得款项将由中国的委托人，以免费午餐的形式直接捐给当地贫困家庭。这一部分的活动已在美国完成，得到了高中许多同学的支持与热情响应。今年，在美国进行的帮助中国西部的活动中，美国高中的二百一十三名同学向中国西部的孩子伸出了援助之手。最终共筹集善款1278 美元。所得款项，都已通过天涯社区微基金，以免费午餐的形式捐给西部贫困儿童。

同样的，我希望此次 SC Western Dream 在中国的活动，能吸引更多的同学加入我们。我想，在座的大多数同学在不久的将来都会去美国读书，其实，美国也不如大家想象的那般富裕。我和同学曾经去过 Downtown LA 的一条街区，它因聚集了三千多个流浪者而被称为"最恐怖的街区"。我相信这样的景象是大家难以想象的：在那儿，你会看到许多流浪汉和儿童依偎着取暖，他们身上有的甚至连一条薄毯也没有。当我们现在欢聚一堂，庆祝这美丽的平安夜时，我愈发可以感受到流浪汉们的困境。

第二部分则是由中国志愿者为美国西部 homeless people 献爱心，献得的爱心都会由美国的委托人，以美元的形式捐给 Alexandria House。在这里，有必要介绍一下这家公益组织。Alexandria House 成立于 1996 年，负责人是个非常和蔼的老太太。她告诉我，Alexandria House 并不仅仅提供食物给 the homeless，并且还会给他们提供住宿。同时，Alexandria House 也兼顾教育。每天都会有老师辅导那些来自南美家庭的孩子，帮助他们克服语言障碍。所以，我跟我的同学选定了这个组织作为对接点，将筹集的资金用于改善美国西部流浪者的生活现状。

下面，请大家看一段视频，听听 Alexandria House 的负责人是怎么说的吧。（略）

本次活动主题为 5 dollars，a power to change the world. 五美元，相当于三十多元人民币。可以做些什么呢?

在美国，五美元可以买一包乐事薯片、一个笔盒，或是一杯星巴克咖啡。

在中国，三十元可以在饭店点一份蔬菜，买一件普通 T 恤。

但是，我们微薄的五美元却可以让 Alexandria House 提供给 homeless people 三天的伙食。

用五美元改变世界!

你也可以!

自由才是爱

蔡爱东

我是个懒惰的父亲，当女儿的文字慢慢变成了铅字，我除了人前背后偶有推荐之外，并没有想写一点文字的冲动。尽管我们曾经有过约定，父女联手合作一本《东溪之间：中美观察行记》。

之所以出尔反尔，主要是相较于女儿越来越投入的写作热情、越来越真挚的细腻情感、越来越成熟的观察思考，我有些许胆怯，怕在文字上失分太多，丢掉一个父亲的尊严。

回忆起来，女儿有写作天赋吗？如果说有，难道承传了我的基因？怎么说都有一点邀功请赏的味道！如果说没有，似乎也未必恰当，我总不能对她笔墨之间恣意流淌的文字熟视无睹吧！

其实，这也是身边的朋友们常常问我的一个问题。在这里，姑且算是个回应。

从我女儿文字的字里行间，聪明如你，不难发现她细腻的心思，求知的激情，探索的勇气，直率的个性。两年前，作为一个十五岁的孩子，第一次走出父母的视线，独自一人拖着两只沉甸甸的行李箱，只身飞往大洋彼岸。那个义无反顾的瞬间，那个无惧未来的坚定，已存留在我心中，成为温暖的记忆。

这种温暖，并不寡情，至少超出了我的父辈对这个未知世界的认知边界。而其背后，源自我对女儿的自信和爱。在我青春的记忆里，一个混杂着煤球味道的小小集镇，构成了我对城市的完美想象。父母用爱的名义，和他们有限的生活经验，试着帮我们设计人生，甚至将愿望简单粗暴地倾注给孩子，幻想把孩子当作替身，来实现他们渐行渐远的青春梦想。

这是中国父母的宿命，也是代际之间痛苦的鸿沟。所以，当有一天，开始为人父母的生涯，我试着不再重复过去的老路，学会放手，理解、尊重孩子。因为我相信，真正的爱，就是给一个人自由选择的权利。无论你是爱孩子，还是爱伴侣，你想获得更多的爱，就要给予对方选择的自由。

自由，多么美好的字眼，寄托过我无数天马行空的想象。尤其是在青春期，追逐自由似乎构成了反叛的底色。遥想每一代人，都有些急不可耐，总想一夜之间长大，以为这样就能改变世界。

后来，我才知道，自由作为人类追求的共同精神家园，它的出现是那样的偶然，它的存在是那样的幸运，它被压抑和驱逐的时间是那么的长久。因此，在东西方不同的语境里，自由因其"土壤"自然会开出不一样的花朵。但它终究会走出封闭、排外、狭隘、浅薄、道德败坏的专制一极，这就好比江河湖泊，最终都会奔流入海一样。

作为一个父亲，我不敢倚老卖老。回望青春，也没有怀旧感伤。但青春即便再美好，它也摆脱不了生命盛极而衰的魔咒；青春即便再不堪，追逐成长的努力都不会白费。如同魔咒一样，这是物种进化的规律，也是自由探索的价值；既是思想解放的旅程，也是闪烁人性之光的智慧。所以，在无数个夜晚，我们不会因为孤寂而徒增不安，不会因为思念而陷入无助。

"挥挥手，不带走一片云彩"，不带走也带不走。青春如是，自由如是，爱亦如是。

（蔡爱东，本书作者蔡林溪之父，常州创意产业中心主任）

总有风景会打动你

樊秀丽

朋友爱女蔡林溪在网站开了博客："Lincy看世界"，不长的时间里，博文浏览量超过百万人次。在这个用数据说话的时代，这位十七岁女孩能够吸引如此多的眼球，一定有她的独特之处。

点击博文，读到Lincy十五岁初到美国游学时，因语言问题遭遇沟通上的尴尬，由此速成了"微笑""赞美""幽默"三大技能的经历，我仿佛看到了她率真可爱的模样。文字简练、幽默，带点侠气之风。少小离家，身在异国，独而不孤。她选择了用文字温暖自己，照亮别人。

面对读者质疑家境是否优越的是非，她没有纠结，没有愤懑，展现出了平静、宽容的为人之道。有的只是对父母满满的感恩之情。她已经懂得在不同的声音中，作为一个有教养的人，该以一种什么样的姿态在这个世界存在。

巴厘岛支教经历在她的心中，播撒下爱的种子，爱心、善行成为她温暖的回忆。

我历来坚信：心地善良又喜欢文字的女孩一定是美丽的，Lincy 就是这样。她用自己的目光，浏览多姿多彩的大千世界，用心灵去感知世间百态，这些触及灵魂的旅行，终将凝结成 Lincy 厚重的生命读本。她的所见所闻，让人明白——你知之甚少，世界是如此美好！

光阴莫等闲，路上趁年华，恰 Lincy 同学年少。相信总有风景会打动你。

（樊秀丽，山东广播电视台新闻主播，国家一级播音员）

这是一个分享的时代

张萌

我很小就立志成为一名外交官，为此梦想，本科从浙江大学退学，只为做一名奥运会志愿者，为国争光。经过漫长的复读岁月，我考入了北师大英文系，最终当选奥运会志愿者与火炬手。更没有想到的是，从 2013 年开始实现梦想，从事民间外交工作，创办了 GYL 全球青年领导力联盟，为促进亚洲、北美洲、欧洲、澳洲地区的最杰出青年人领导力的提升努力奋斗。我们构建了全球青年与杰出青年导师交流学习的平台，各国青年平等对话，共同探讨大家关注的话题，也有很多美好的事情发生：许多创业公司获得投资，导师给予青年更多人生点拨与指导。每年我们通过青年营与全球青年大会，将导师与各国青年汇聚一堂……

今天的青年决定未来的世界。青年要想实现未来更加美好的愿景，必须从当下行动起来。时代已经转变，Lincy这代人已成长，她们不再有明晰的国与国之间的界限，而是形成了一个紧密的共享网络，以当下的拼搏付出、合作共赢，和对梦想的执着感染他人。

Lincy是一位很不一样的高中生，如一位"能量小女神"，执着地分享，让周边人从分享中汲取能量、给予反馈，构筑交流的循环体系。在这个共享的时代，她早已跨越国界，成为文化交流的使者，用文字筑梦。2013年我提出"渡船理论"来诠释青年领导力：人生就像一条河，需要渡船的师傅。他们正是人生导师，帮助青年从此岸到彼岸。Lincy这代人，她们更形成了"伙伴自助者阵营"，在分享彼此感悟中提升自我，与伙伴们一起前行。

对我来说，无共享不创业；对Lincy来说，分享已成为她的本能。

（张萌，语言学、心理学博士，"极北咖啡"创始人兼CEO，GYL全球青年领导力联盟创始人兼CEO，荣膺博鳌亚洲论坛"全球青年领袖"等奖项）

山远水长处处同

沈向阳

我不知道蔡林溪有没有读过徐霞客的游记。其实，从她家往北大概最多十五华里，就是徐霞客的老家江阴。徐霞客二十七年只做了一件事：游历并用文字记录下来。徐氏之游，一不是宦游，二不是商旅，三不是传教，唯一目的只是因为好奇。显然，蔡林溪好奇的脚步，早就不是邻乡徐老爷爷能追赶得了的：她在美国读高中。

我一直这样蛊惑孩子们：在行走中，可以获得空间的轮廓，可以梳理时间的真相，可以廓清心间的迷惘。远见者远行。最有意义的事情是行走，而酬报就在行走本身。

行走，无疑是最有效的成长课堂。这从蔡林溪的文字中可以得到实证。这些清爽自然的明快文字，且行且思，借用知堂老人评价苏子的话说："随手写来，并不做作，而文情俱胜，正到恰好处。"更恰好处的，是让蔡林溪在行走中辟出了一条自我成长的路径。

太多的中国孩子，习惯了被父母"大手牵小手，一路朝前走"，事无巨细被关照，无时无刻不被指导。孩子是带着童话的思维在成长，父母们是带着科学的思维在压迫他们。我自己的感受就十分真切：从小在江南水乡长大，门前不到十公尺就是一条宽敞的大河，因祖母的看管实在严厉，我至今仍是"旱鸭子"。成长中的陪伴如影相随，许多时候似看不见的橡皮筋捆住了每一次飞翔的尝试。自然率真、好奇和探索精神在日日如常中被销蚀。画地为牢、削足适履的教育，让人担忧这样的教育只能大量产出兴趣狭窄、内心贫乏、对人类苦难和外部世界冷漠的人。

好在蔡林溪是幸运的。蔡爱东夫妇对孩子自由平等意识的长期"滴灌"，正蓬勃在蔡林溪具有鲜明个性色彩的文字中。在蔡林溪力避庸熟的观察与领略中，我们看见的是作者思想活动空间的日渐拓宽。

天真之真，由天而出。十七岁的女孩用自信满满的文字告诉我们：唯破门而出，才能充分介入社会，把握人生主动权。无迹任东西，山远水长处处同。

（沈向阳，资深媒体人）